tredition®

www.tredition.de

AF514543

Peter Schlifka

Mörderauge

Kriminalroman

tredition®

www.tredition.de

Verlag: tredition GmbH, Hamburg
ISBN: 978-3-8495-4402-7

Printed in Germany

Für meine Marion.

Seit Tagen brannte die Sonne auf die Dächer und Straßen der Stadt herab.

Nicht eine Wolke zeigte sich am langsam dunkler werdenden Himmel.

Da, wo das Wasser des Sees bis an den Rand des Stadtparks heranreichte, stand im tiefen Schlagschatten der Bäume ein Wagen.

Es war ein Opel älteren Baujahrs und machte einen ziemlich vernachlässigten Eindruck.

Am Steuer saß ein Mann, der angestrengt zur anderen Straßenseite hinübersah.

Er war groß, hatte dunkles, dünner werdendes Haar und ein rötliches Gesicht. Das Gesicht wirkte wie aus Stein gemeißelt und wies harte, scharfe Falten auf.

Im Gegensatz zu dem ungepflegten Wagen machte der Mann einen seriösen Eindruck. Er trug einen dunklen Anzug zu einem weißen Hemd mit Krawatte.

Mit seinen Händen umspannte er das Lenkrad und schaute unverwandt auf das Liebespaar, das sich unbeobachtet glaubte und sich ungeniert und heftig miteinander beschäftigte.

Sie waren deutlich gegen den noch immer hellen Nachthimmel zu erkennen.

Karsten Leberecht wartete schon seit über einer Stunde an dieser Stelle. Und das schon zum sechsten Mal, wobei er schon dreimal Liebespaare beobachtet hatte. Diese Stelle an der Brücke schien ein

beliebter Treffpunkt zu sein.
Sechsunddreißig Jahre alt war Leberecht. Er stammte aus einem kleinen Nest mitten in Mecklenburg-Vorpommern.
Seit einiger Zeit lebte er hier in der Stadt bei einer Tante, die ihn in ihrem Haus in der Lindenstraße aufgenommen hatte.

Leberecht hatte in den unterschiedlichsten Berufen in verschiedenen Orten gearbeitet, trotz seiner überragenden Intelligenz und seiner guten Schulabschlüsse aber nirgends richtig Fuß fassen können oder auch nur wollen.

In der Stadt hatte er rasch eine Stelle in einer Bibliothek gefunden.
Es gehörte zu den Zufällen des Lebens, dass er durch den Tod eines älteren Kollegen aufrücken konnte und Abteilungsleiter geworden war.
In der Bibliothek galt er als tüchtiger, liebenswerter junger Mann, bei dem nur sein Aussehen nicht recht zu seinem Alter passen wollte. Mit seinem zerfurchten Gesicht und dem schütteren Haar sah er eher wie ein Mann Ende Vierzig aus.

Er galt hier nicht nur als tüchtiger Mitarbeiter, sondern auch als integrer und unbescholtener Mensch.
Aber noch in dieser Stunde würde Karsten Leberecht einen Doppelmord begehen.

*

Fast eine weitere halbe Stunde war vergangen, und immer noch verharrte Leberecht hinter dem Lenkrad und belauerte das sich immer noch unbeobachtet fühlende Paar.
Man irrt sich aber, wenn man denkt, dass es ihm ein absurdes Vergnügen bereitete, Liebespaare zu beobachten.
Leberecht hatte etwas ganz anderes vor.

Plötzlich strich der Kegel eines Scheinwerferpaares durch das Dunkel der Bäume.
Obwohl Leberecht wusste, dass es der planmäßige Linienbus sein würde, duckte er sich unwillkürlich hinter das Lenkrad, als der Lichtschein über seine Windschutzscheibe huschte.
Er blickte wieder zu dem Paar hinüber, das sich jetzt voneinander gelöst hatte und zur Bushaltestelle ging.
Der Mann verabschiedete sich mit einem Kuss von der Frau und winkte dann dem abfahrenden Bus nach.
Noch wie abwesend stand er da und zündete sich eine Zigarette an.
Als die Flamme des Streichholzes sein Gesicht beleuchtete, sah sein Beobachter, dass es sich nicht um einen sehr jungen Mann handelte. Mit seinem Dreitagebart wirkte er etwas heruntergekommen.

Als die Zigarette brannte, setzte er sich mit schnellen Schritten in Bewegung.
Ohne ihn aus den Augen zu lassen, griff Leberecht in das Handschuhfach und zog ein Messer hervor. Es war kein gewöhnliches Messer, sondern ein zweischneidiges Bowiemesser.

Immer noch hatte Leberecht den Mann im Blickfeld. Er öffnete die Wagentür und verließ den Wagen mit einer geschmeidigen Bewegung auf der von der Straße abgekehrten Seite.
Er rechnete damit, dass der Mann auf der anderen Straßenseite blieb.
Aber dem war nicht so.
Der Mann wechselte die Straßenseite, sah das Auto und den dort stehenden Mann. Er schien zu stutzen, ging dann aber mit schnellen Schritten weiter auf Leberecht zu.
Unbewegt stand Leberecht hinter seinem Fahrzeug und wartete, bis der Mann vorüber war.
Dann machte er zwei schnelle Schritte nach vorn.
Detlef Dunker hörte das Geräusch und fuhr herum.

„He, was soll das!“, stieß er hervor.
Leberecht sagte keinen Ton und stand scheinbar ruhig vor dem Mann.
Dunker sah ihn an und fuhr zurück.
Tage, Wochen, ja Monate und Jahre hatte Leberecht fieberhaft auf diesen Moment gewartet.
Ein unerklärlicher Trieb hatte ihn dazu gebracht, diese Tat, die nun endlich vor ihm lag, zu planen und auszuführen. Schon als Kind war es immer wie

ein dunkler Drang in ihm gewesen, der ihn dazu brachte, andere Lebewesen zu quälen und zu töten.

Es war ihm immer eine innere Freude, wenn er sah, wie eine gequälte Kreatur vor ihm zurückwich. Begonnen hatte es mit Ameisen, die er mit dem Vergrößerungsglas seines Vaters in der Sonne verbrannte, mit den Fröschen, die er aufblies und dann zertrat, und mit den vielen Katzen, die er quälte und dann tötete. Zuletzt ausschließlich mit dem Messer.

Dabei hatte es begonnen. Er stellte sich immer öfter vor, dass er kein kleines Tier vor sich hatte, sondern einen Menschen. Er wollte endlich die Angst in den Augen eines anderen Menschen sehen. Jahrelang hatte er diese Vorstellung. Er träumte davon in der Nacht und auch in seinen Tagträumen.

Jetzt endlich war es soweit.

Leberecht war auf das Höchste erregt. Sein keuchender Atem ging stoßweise, die Augen quollen ihm aus den Höhlen. Er hielt die rechte Hand mit dem Messer, unsichtbar für Dunker, dicht neben dem Oberschenkel, die schweißnasse Hand um den Griff des Messers gekrallt.

„Was wollen Sie, lassen Sie mich in Ruhe!“ Dunkers Stimmer war heiser und brüchig.

Angst stieg in ihm hoch, als er den Fremden so reglos mit diesem verzerrten Gesichtsausdruck vor sich stehen sah.
Leberecht rührte sich auch jetzt noch nicht. Er weidete sich an der Angst in den Augen des anderen. Ja, so, genau so hatte er es sich immer vorgestellt.
Die Angst gab Detlef Dunker den Mut zu sagen: „Gehen Sie mir aus dem Weg!“, und er machte den Fehler, auf Leberecht zuzugehen.
Bis zu diesem Augenblick hatte Leberecht gewartet. Aber jetzt kam Leben in ihm.

Er stieß mit dem Messer blitzschnell zu. Wie er es geplant hatte, stieß er die scharfe zweischneidige Klinge in den Unterleib des anderen, und mit einem Ruck riss er das Messer hoch und schlitzte Dunkers Bauch bis zum Rippenansatz auf.
Dunker zuckte zurück und stieß einen schrillen Schrei aus. Er taumelte und sah fassungslos an sich herab. Dann brach er zusammen, schlug mit dem Kopf auf das Pflaster und blieb röchelnd liegen.

Leberecht stand über ihn gebeugt und sah mit harten, glänzenden Augen zu, wie Dunker das Leben verließ. Es war vollbracht.
Plötzlich drang ein Geräusch an sein Ohr und riss ihn aus seiner Versunkenheit.
Fast hätte er nicht das Auto bemerkt, dessen Lichtkegel sich jetzt durch die Bäume tasteten.
Sie kamen näher und strichen schon über die nicht weit entfernte Kurve der Straße.
Leberecht wurde von einer wilden Panik erfasst.

Er bückte sich zu dem Toten, zerrte ihn von der Straße weg zum Wagen und öffnete den Kofferraum. Der Tote war groß und schwer. Aber die Angst verlieh Leberecht zusätzliche Kräfte. Er schaffte es, die Leiche in den Kofferraum zu zwängen.
Der andere Wagen hatte bereits die Kurve durchfahren und kam näher. Das Scheinwerferlicht fraß sich grell durch die Dunkelheit und erfasste Leberecht an seinem Wagen.
Leberecht schlug die Klappe des Kofferraums zu, aber die Klappe sprang wieder auf.
Wieder riss er die Klappe hoch, um sie mit Wucht zu schließen. Wieder ohne Erfolg. Irgendetwas klemmte. Schweißtropfen standen auf Leberechts Stirn. Er stand neben seinem Wagen und presste beide Hände auf den Kofferraumdeckel.

Inzwischen war der Wagen herangekommen und hielt mit quietschenden Bremsen neben Leberechts Auto.
Aus dem Fahrerfenster des Kleintransporters beugte sich der grauhaarige Kopf des Fahrers. „Ist was passiert?"
„Ja", entfuhr es unwillkürlich Leberecht, der sich im nächsten Augenblick für diese idiotische Antwort selbst hätte ohrfeigen können.

„Nein, nein, es ist nichts passiert. Der Kofferraum geht nicht zu, aber ich habe es gleich. Fahren Sie ruhig weiter.“
„Warten Sie, ich werde helfen.“
Leberecht hatte das Gefühl, am liebsten im Boden zu versinken. Er hatte die Tat geplant, die Durchführung genossen. Alles war so abgelaufen, wie er es gewollt hatte. Nur erwischen lassen stand nicht in seinem Plan.
Und jetzt kam ihm erst die verdammte Kofferraumklappe dazwischen und dann auch noch dieser so verflucht hilfsbereite Mensch.
In seinem Gehirn breitete sich eisige Leere aus. In dem kurzen Augenblick, den der jetzt ausgestiegene bullige Fahrer brauchte, um bis zum Auto zu kommen, fiel Leberecht nichts mehr ein, wie er den Menschen loswerden könnte.

Dann war der Fahrer neben ihm.
Er meinte mit gutmütiger Stimme: „Na, dann lassen Sie mich mal ran.“
Er hob die Kofferraumklappe hoch und erstarrte.
Leberecht war zurückgewichen und hielt den Atem an.

Das Messer hielt er wieder in der rechten Hand hinter dem Rücken versteckt.
„He“, stieß der Fahrer mit heiserer Stimme erschrocken hervor. „Was soll das?“
Leberecht verharrte reglos hinter ihm. Der Fahrer ließ die Klappe fallen und wandte sich um.

„Da, da ist doch..." Er wischte sich mit der Hand über das kurze Haar. Zu grausig war das, was er eben gesehen hatte. Zu furchtbar, um es rasch zu verarbeiten und die Konsequenzen zu begreifen.
Da fiel der Krampf von Leberecht ab. Mit einer blitzschnellen Bewegung stieß er die Rechte vor und riss das Messer hoch.
Der überraschte Fahrer schrie auf wie ein weidwundes Tier. Die mörderische, scharfe Messerklinge hatte sich durch seinen Körper wie durch Papier geschnitten. Fast an der gleichen Stelle wie vorhin bei Dunker drang sie durch seinen Leib.
Aber diesmal war die Klinge nicht so tief eingedrungen wie vorhin.
Der bullige Fahrer drang mit einem wilden Schrei auf Leberecht ein und schlug ihm die Faust gegen die Brust, so dass er zurücktorkelte.

Leberecht wich dem rasenden Mann aus und tastete sich rückwärts an seinem Wagen entlang.
Der Fahrer folgte ihm, eine Hand an den Körper gepresst.
Leberecht wich immer weiter zurück, bis er mit dem Rücken an einen Baum stieß. Der Fahrer war nur noch einen Schritt von ihm entfernt und sah ihn mit schmerzverzerrtem Blick aus blutunterlaufenen Augen an. Plötzlich verschleierte sich der Blick. Der Fahrer brach in die Knie, stöhnte noch einmal laut auf und blieb reglos liegen.

Zitternd stand Leberecht an den Baum gelehnt. Sein Herz schlug schmerzhaft im Brustkorb und seine Gedanken rasten. Damit hatte er nicht gerechnet.

Wieder stieg Panik in ihm auf.

Er sprang in seinen Wagen, ließ den Motor an und raste davon.

Er hatte schon etliche hundert Meter hinter sich gebracht, als ihm plötzlich der Tote im Kofferraum einfiel. Er stieg so scharf auf die Bremse, dass der Wagen schleuderte und in einer Staubwolke zum Halten kam.

Leberecht sprang heraus, lief nach hinten und hob den Deckel an. Das graue, entsetzlich verzerrte Gesicht des Toten starrte ihn an. Aber das störte Leberecht nicht weiter. Das lebende, wutverzerrte Gesicht des Fahrers hatte ihm mehr Angst gemacht. Dieser hier war tot. So wie es sein sollte.

Der Mörder beugte sich in den Kofferraum, schob die Leiche zusammen und legte die Plane über sie. Jetzt ließ sich der Kofferraum schließen.

Er fuhr weiter, ruhiger und überlegter jetzt.

Seine Arbeit war noch nicht zu Ende. Erst musste die Leiche aus dem Kofferraum verschwinden, in dem sie unplanmäßig gelandet war.

Ohne Eile fuhr er weiter, bis er wieder das Wasser des Sees durch die Bäume schimmern sah.

Hier verlief die Straße zwischen hohen Büschen, die bis dicht an die Fahrbahn heranreichten.

Leberecht hielt an.

Jetzt war es endgültig dunkel geworden. Nur ein paar entfernt stehende Laternen verbreiteten ein trübes Licht.
Leberecht stieg aus und vergewisserte sich, dass von beiden Seiten der Straße keine Autos kamen.
Dann öffnete er den Kofferraum, zerrte die Leiche heraus und schleppte sie durch die Büsche.
Nur etwa sieben bis acht Schritte zog er den Körper des Toten. Weit genug, dass er von der Straße aus nicht zu sehen war. Dann ließ er ihn los, ging zum Wagen und fuhr davon.

*

Die Lindenstraße war eine stille Straße mit alten Einfamilienhäusern, die, wie der Straßenname schon andeutet, von hohen alten Linden überschattet wurde.

Hier besaß Frau Gellert etwas abseits der anderen Häuser am Ende der Straße ein altes, kleines Backsteinhaus, das mehr an die Häuser im Norden Deutschlands oder in Dänemark erinnerte.
Vor dem Haus befand sich ein sehr gepflegter Vorgarten, in dem trotz der anhaltenden Hitzewelle alles blühte und gedieh. Auch das Haus selbst

machte einen gepflegten Eindruck und die frisch geputzten Fenster glänzten im Licht der vor dem Haus stehenden Laterne.

Alles war sauber und ordentlich, wie es sich für die Familie Gellert schon immer gehört hatte.

Vor diesem Haus parkte Leberecht seinen Wagen und saß noch für eine Weile still hinter dem Steuer. Ganz ruhig war er jetzt innerlich. Der Drang, den er in den letzten Monaten immer mehr gespürt hatte, war verschwunden. So war es also, das Töten. Diese Macht über andere, die er immer schon ausüben wollte, hatte er nun kennengelernt.

Leberecht lehnte sich in seinem Sitz zurück und gestattete sich nun endlich eine Zigarette.

Beim Warten auf den geeigneten Augenblick zum Töten hatte er sich keine Ablenkung zugestanden, und im Haus seiner Tante durfte er nicht rauchen.

Im Wohnzimmer des Hauses sah er Licht. Seine Tante war also noch auf. Sicherlich sah sie wieder die halbe Nacht fern.

Er öffnete die Wagentür und warf den Zigarettenstummel in die Nacht. Sah ihm nach, wie er als helles Pünktchen verglühte.

Als er den Wagen verlassen hatte, blieb er einen Moment unter dem Lichtkreis der Laterne stehen und sah an sich herab.

Dann erst ging er auf die Haustür zu, zog seinen Schlüssel, öffnete und trat ein.

Auch diesmal wieder umhüllte ihn sofort ein eigenartiger Geruch. Eine Mischung von Reinigungsmittel- und Essensdünsten, die diesem Hause und seiner Besitzerin ständig anzuhaften schien. Leberecht zog seinen Sommermantel aus und hängte ihn an die Garderobe. Er fuhr sich mit dem Kamm über das dünne Haar und warf noch einen prüfenden Blick in den Spiegel.

Er wollte gleich über die Treppe in sein Zimmer im oberen Stockwerk gehen, als er das Öffnen einer Tür und die Stimme seiner Tante hörte: „Karsten, bist Du das?“

Wer sollte es sonst sein, wollte er schon ungehalten antworten, verkniff es sich aber, um nicht wieder in endloses Gerede mit der alten Frau verwickelt zu werden. Schließlich ließ sie ihn hier unentgeltlich wohnen und kümmerte sich auch um sein Essen und seine Wäsche, ohne einen Cent dafür zu verlangen. Dafür ließ sich manches in Kauf nehmen.

Wie sie ihm mit ihren ewigen Fragen und Nörgeleien auf die Nerven ging.

Ihr Mann war seit 15 Jahren tot. Ein höherer Polizeibeamter war er gewesen. Ihre Witwenrente war daher nicht unerheblich. Kinder hatte sie keine gehabt und seit der Hund im vergangenen Jahr auf unerklärliche Weise ums Leben kam, war er der einzige, der mit ihr im Hause wohnte. Dass er beim Ableben des Hundes nachgeholfen hatte, war der alten Dame zum Glück entgangen. Wochenlang hatte sie der Töle nachgeweint.

Frau Gellert kam jetzt durch den Flur auf ihn zu.

Sie war eine große, ziemlich hagere Person, die mit ihren hängenden Schultern und den grauen Haaren älter aussah, als sie eigentlich war.
Sie hatte kein schweres Leben hinter sich, denn dank des Einkommens ihres Mannes hatte sie nie arbeiten müssen. Dennoch war ihr Dasein in recht einseitigen Bahnen zwischen Garten und Haus verlaufen.

Als daher vor einiger Zeit der Sohn ihres älteren Bruders in den Ort kam, war sie nur zu gerne bereit, ihn bei sich aufzunehmen. Zumal ihr Bruder und seine Frau, also die Eltern Leberechts, bereits verstorben waren.
Sie hielt ihren Neffen für einen ordentlichen, ruhigen Menschen, und wenn er auch nicht allzu gesellig war, so hatte sie doch bisher keinen Grund gehabt, sich über ihn zu beklagen.
„Ich werde dir das Essen aufwärmen, Karsten“, meinte sie.
„Ziemlich spät kommst Du heute. Hast Du wieder Überstunden gemacht? Wozu denn. Du verdienst doch nicht so schlecht. Du solltest Dir das abgewöhnen und dir lieber eine Frau suchen. Zeit wird es allemal und bei mir ist Platz genug. Auch für Kinder. Ich hätte nichts dagegen und würde der jungen Frau schon helfen...“

So redete sie fortwährend vor sich hin, ohne wirklich eine Antwort zu erwarten.
Nebenher hantierte sie in der Küche mit Töpfen und Tellern.

Während dessen stand Leberecht auf dem Flur an der Küchentür und hörte gar nicht, was seine Tante da von sich gab. Er hatte die Augen geschlossen und seine Hände zu Fäusten geballt.
Vor nicht einmal einer Stunde hatte er am Stadtwald zwei Menschen umgebracht.
Mit dem Messer hatte er ihre Leiber aufgeschlitzt.
Ein Schauer rann ihm bei dem Gedanken an diese Tat über den Rücken.
Aber es war ein wohliger Schauer, wie er erfreut feststellte.
Es hatte ihn dazu getrieben zu tun, was er tun musste.

Ja, er musste es tun, denn er war ein anderer Mensch als alle anderen. Alle hatten ihn verkannt. Der Vater. Ständig war er ihm nicht gut genug in der Schule. Saß ihm ständig im Nacken mit seinem Zwang zur körperlichen Ertüchtigung, wie er es nannte. Die Mutter stand immer aufseiten des Vaters. Seine Mitschüler nannten ihn Streber. Sie verachteten ihn wegen seiner unterwürfigen Freundlichkeit gegenüber den Lehrern. Wenn sie gewusst hätten, was er in seiner knapp bemessenen Freizeit trieb. Niemals hätten sie es gekonnt, Katzen mit einem Messerstich zu töten. Auch später in der Ausbildung, in den vielen verschiedenen Jobs.

Immer war er der Außenseiter. Wollte es später auch nicht mehr anders.
Aber jetzt, jetzt war er wer.
Und die Zahl seiner Opfer sollte noch größer werden.

Aber das wusste Leberecht zu diesem Zeitpunkt noch nicht. Für ihn war diese Tat, oder besser ge sagt diese zwei Taten, der Höhepunkt seiner Fantasie und seines bisherigen abartigen Treibens.

*

Am nächsten Morgen fand der Abteilungsleiter Karsten Leberecht wie immer die Tageszeitung auf seinem Schreibtisch.

Er nahm sie zur Hand und blickte dann auf und sah, dass ihn seine schon etwas ältliche Sekretärin neugierig betrachtete.

„Was gibt es, Frau Lewerenz?“, fragte er mit dem schroffen Tonfall, den er auf der Arbeit anschlug. Er meinte, dass er das seiner Position schuldig sei und dass es ihm mehr Achtung bei den ihm unterstellten Mitarbeitern einbringe.

„Nichts, Herr Leberecht. Ich wollte nur fragen, ob Sie eine Tasse Tee möchten.“

„Wie kommen sie denn darauf?“

„Ich dachte nur, vielleicht fühlen Sie sich nicht wohl.“

„Wieso denn das?“ Argwohn stieg in ihm auf: Ob man mir etwas ansieht? Sein bisheriges Hochge fühl, das ihn den ganzen Morgen nicht verlassen hatte, verflog.

„Soll ich Ihnen nun einen Tee machen?"
„Ja, ja", entgegnete er.
Als die Sekretärin das Büro verlassen hatte, öffnete er den Schrank und schaute in den an der Rückwand der Tür befestigten Spiegel. Tatsächlich. Sein Gesicht war unrasiert und sein dünnes Haar stand nach allen Seiten ab. Er hatte sich heute wohl in der Euphorie etwas gehen lassen. Ihm selbst war das nicht bewusst geworden.

In Zukunft musst Du vorsichtiger sein, nahm er sich vor.
Seine Sekretärin brachte den Tee und stellte ihn auf dem Schreibtisch ab.
„Danke", sagte er und fuhr auf ihren prüfenden Blick fort: „Es geht mir gut, Frau Lewerenz. Es ist nur etwas spät geworden gestern Abend. Danke für Ihre Fürsorge."
Als sie wieder gegangen war, konnte er endlich die Zeitung zur Hand nehmen. Er blätterte sie durch. Ja, da stand es. Groß und deutlich:

Auf der Straße am Stadtpark wurde die Leiche des sechsundfünfzigjährigen Kraftfahrers P.H. gefunden. Der Körper des Toten befand sich in einen entsetzlichen Zustand.
Sein Körper war vom Unterleib bis zu den Rippen aufgeschlitzt. Der Mann ist verblutet.
Er wurde nicht beraubt. Auch sein Lieferwagen stand noch beladen am Tatort.

Das ist der eine, dachte Leberecht. Nun zu dem eigentlichen, geplanten Opfer.
Aber so sehr er die Zeitung auch durchblätterte, er fand keine einzige Zeile über sein erstes Opfer.

Am Abend dieses Tages, als Leberecht von der Arbeit nach Hause kam, fand er seine Tante in der Wohnstube vor, wie sie in ihrem grünen Plüschsessel saß und im Schein der Stehlampe ihre Zeitung las.
Ohne den Neffen besonders zu begrüßen, sagte sie: „Weißt Du, da ist wieder so eine von den furchtbaren Sachen passiert. Da haben sie doch einen Mann gefunden, dem der ganze Unterleib aufgeschlitzt wurde. Man kann sich heutzutage kaum noch auf die Straße trauen. Und die Polizei ist machtlos dagegen..."

Wortlos ging der Neffe an ihr vorbei in die Küche. Ging an den Kühlschrank und öffnete sich wie jeden Abend eine Flasche Bier, um sie langsam zu trinken, bevor er sich ans Abendessen machte.
Doris Gellert war eine ängstliche Natur.
Trotzdem hatte sie eine Vorliebe für bluttriefende Krimis und saß nur zu gerne abends am Kamin, las die mörderischen Schlagzeilen der Boulevardpresse und kommentierte sie an die Adresse ihres Neffen, ohne aber wirklich eine Antwort von ihm zu erwarten.

*

Zwei Tage später wurde die Leiche von Detlef Dunker gefunden.
Obwohl sie nur ins Gebüsch geschleift worden war, handelte es sich um eine so abgelegene Gegend, dass sie erst zu diesem späten Zeitpunkt entdeckt wurde.

Spielende Kinder hatten die Leiche, die sich in einem entsetzlichen Zustand befand, gefunden.
Das erfuhr der Mörder morgens in seinem Büro aus der Zeitung.
Endlich, dachte er. Wenn ich das noch einmal mache, würde ich nicht wieder so lange warten wollen. Gleich, sofort sollte die Leiche gefunden werden. Viel zu aufreibend war ihm das Warten geworden.

Heute ging es ihm viel besser als vor zwei Tagen. Das bemerkte auch seine Sekretärin.
Gut gelaunt bat er sie trotzdem um einen Tee und machte ihr sogar ein Kompliment, was sie erröten ließ.
Am Abend las ihm seine Tante die gleiche Geschichte aus ihrer Boulevardzeitung vor.
Hier war sie noch viel ausgeschmückter und reißerischer als in seiner Tageszeitung in der Firma.
Der Tod geht um, titelte das Blatt mit großen Lettern auf der ersten Seite.

Von einem Serienmörder und der Unfähigkeit der Polizei war im Artikel die Rede.
Serienmörder, so ein Blödsinn, dachte Leberecht und nahm einen Schluck seines täglichen feierabendlichen Bieres.
„Stell Dir vor, der Mann ist auf die gleiche Weise umgebracht worden wie neulich der Kraftfahrer an der Straße am See. Genauso. Mit einem Messer, quer über den Unterleib bis an die Rippen. Ist das nicht fürchterlich. Man traut sich ja nicht mehr aus dem Haus!"
Leberecht schwieg.
„Was sagst Du dazu, Karsten?"
„Dir wird schon niemand etwas tun", sagte er nur, während er sein Bierglas auf dem Tisch abstellte.

Er blieb noch eine Weile im Wohnzimmer sitzen.
Der Schein der Stehlampe warf ein warmes Licht auf die einstmals gutbürgerlichen, aber jetzt veralteten und abgestoßenen Möbel, die über die Jahre von der Tante und ihrem Mann angehäuft worden waren.
Sie war schon eine etwas altmodische und wunderlich werdende Person, dachte Leberecht. Aber liebenswert und er kam gut mit ihr aus. Nur ihr enormes Mitteilungsbedürfnis ging ihm oft gewaltig auf die Nerven.
Niemals hätte die alte Dame geahnt, dass sie einen Mörder unter ihrem Dach beherbergte.

Und beide, Neffe und Tante, wussten zu diesem Zeitpunkt nicht, dass sie ihren eigenen Mörder im Hause hatte.

*

In den folgenden Tagen wurde Karsten Leberecht mehr und mehr von einer inneren Unruhe erfasst. Was er nicht für möglich gehalten hatte, trat nun ein.
Nein, nicht etwa, dass er seine Taten bereute oder von Gewissensbissen gequält wurde.
Überall glaubte er, von der Polizei verfolgt zu werden.
Diese Angst hatte er nicht vorausgesehen. Bei seinen früheren Taten an Tieren hatte er zwar auch Angst vor der Entdeckung gehabt, aber nicht in diesem Maße.

Er wollte zwar, dass seine Taten bekannt wurden. Er wollte, dass er bekannt wurde als der Mörder. Aber er wollte der unbekannte Mörder bleiben. Der Mann, der im Hintergrund saß und sich in der Erfolglosigkeit der anderen sonnte.
Aber jetzt.

Morgens, wenn er aus dem Haus ging, schaute er sich erst einmal nach allen Seiten um. Während

der Fahrt ins Büro sah er ständig in den Rückspiegel. Einmal fuhr er sogar einen Umweg, weil ihm ein Wagen seiner Meinung nach zu lange folgte.
In der Tiefgarage seiner Arbeitsstelle erwartete er hinter jedem Pfeiler einen Polizisten hervortreten zu sehen, und immer, wenn sich die Tür zu seinem Büro öffnete, zuckte er zusammen.

Seine Euphorie war verflogen. Er fühlte sich gereizt und genervt.
Niemals war ihm seine Sekretärin mit ihrer Fürsorge mehr auf die Nerven gegangen als jetzt.
So richtig gut verstanden hatte er sich mit dem ältlichen Mädchen, das immer einen penetranten Geruch nach einem billigen Parfüm verströmte, noch nie. Sie machte ihre Arbeit gut und das genügte ihm.
Aber jetzt wurde sie ihm richtiggehend unerträglich.

Und eines Morgens, als sie ihn zum wiederholten Male nach seinem Befinden fragte, blickte er ihr nachdenklich hinterher.

Hätte Fräulein Lewerenz Gedanken lesen können, wäre sie wohl in panischer Angst aus seiner Nähe geflüchtet.
So aber brachte sie ihm nur ahnungslos eine frische Tasse ihres allgegenwärtigen Kräutertees.

Die Polizei hatte inzwischen die Fahndung nach dem Messermörder, wie er dort genannt wurde, aufgenommen. Auch hier war man der Meinung, dass es sich den Tatumständen nach bei beiden Morden um ein und denselben Täter handelte.

Bisher waren die Untersuchungen noch nicht vorangekommen. Es stand nur fest, dass die Morde in einem Zusammenhang standen. In welchem aber und wer als Mörder in Frage kam, konnte niemand beantworten.

Fest stand auch eine weitere Gemeinsamkeit. Es wurden keine Spuren des Mörders gefunden.

Sicher, es hatte in der Stadt schon mehrfach Tötungsverbrechen gegeben. Aber das waren Streitigkeiten unter Betrunkenen gewesen. Auch hatte schon gelegentlich ein biederer Familienvater sich seiner zänkischen Ehefrau entledigt.

Aber in diesen Fällen war der Täter rasch ermittelt oder stellte sich in vielen Fällen gar selbst.

Hier galt es nun, die sprichwörtliche Nadel im Heuhaufen zu suchen.

*

Der Mörder wurde von Tag zu Tag unsicherer. Das geringste Geräusch ließ ihn zusammenzucken. Jeder Blick eines anderen ließ ihn erzittern.

Er befürchtete ständig, dass man es ihm ansehen müsse, dass er, nur er für die Morde in Frage käme.

Im Büro war es am schlimmsten. Der Schweiß stand ihm auf der Stirn und seine Hände zitterten unkontrolliert. Ständig fühlte er sich durch die Blicke seiner Sekretärin verfolgt.

Am Morgen eilte er so schnell er konnte durch die Gänge der Bibliothek, um so rasch wie möglich seinen Arbeitsplatz zu erreichen. Den Blick hielt er gesenkt und hoffte niemandem zu begegnen.

„Herr Leberecht!“ Die laute Stimme nagelte ihn förmlich fest. Er fuhr herum und sah den Direktor der Bibliothek auf sich zukommen. „Guten Morgen, Herr Leberecht. Schön, dass ich Sie mal antreffe. Ich habe gehört, Sie fühlen sich seit ein paar Tagen nicht gut?“

Leberecht drohte die Stimme zu versagen. „Wie kommen Sie denn darauf, Herr Direktor?“

„Ja, sehen Sie, hier bei uns kümmert man sich noch um den anderen. Ihre Sekretärin hat es mir gesagt. Sie ist der Meinung, dass Sie einen Arzt aufsuchen sollten und ich teile diese Meinung, wenn ich Sie mir jetzt so ansehe.“

„Nein, Herr Direktor, es ist alles in Ordnung. Ich war ja beim Arzt und habe etwas verschrieben bekommen gegen die Magenverstimmungen, nichts Schlimmes“, gelang es Leberecht zu stammeln.

„Nun gut, passen Sie auf sich auf.“ Der Direktor nickte Leberecht zu und ließ ihn stehen.

Schweißnass erreichte Leberecht sein Büro, durchquerte das Vorzimmer und ließ sich in seinen Sessel sinken. Minutenlang saß er so und merke erst dann, dass Fräulein Lewerenz in der Tür stand.

Seine Augen begegneten denen des ältlichen Mädchens, das erschrocken zurückwich, als er aufsprang und zur Tür hinausstürzte. Der Mann im Fahrstuhl starrte ihn auch an. Zumindest dachte Leberecht das.

Er atmete auf, als er draußen auf der Straße stand, wischte sich mit dem Handrücken den Schweiß von der Stirn und sah sich nach allen Seiten um.

Was habe ich eigentlich, dachte er. Niemand hat mich gesehen. Spuren habe ich auch keine hinterlassen. Keiner würde mir je diese Tat zutrauen. Das hat auch früher keiner von mir gedacht. Ich war immer der liebe Junge, den man nach Belieben herumschubsen kann.

Aber damit ist jetzt Schluss.

Niemand verdächtigt mich und das soll auch so bleiben. Also reiß dich gefälligst zusammen, Karsten, dachte er und vermeinte dabei die Stimme des Vaters zu hören.

Gegenüber der Bibliothek befand sich ein Polizeirevier. Wie wäre es, wenn ich jetzt dort hineingehe und sage: „Ich war es, ich habe die beiden ermordet."

Ganz mechanisch setzte er sich in Bewegung, überquerte die Straße, wobei er fast von einem Auto gestreift wurde. Er ging die wenigen Stufen zur Tür hoch und betrat den Vorraum des Polizeireviers. Links an der Wand hingen mehrere Fahndungsplakate. Ein Mörder wurde darauf nicht ge sucht. Noch nicht, dachte er. Eines Tages würde sein Plakat hier hängen und er wäre immer noch frei.

Er verließ das Polizeirevier in dem Moment, als ein Polizeiwagen vorfuhr. Die beiden Polizisten kamen genau auf ihn zu. Es gelang ihm, freundlich zu lächeln und den Polizisten grüßend zuzunicken. Beide erwiderten den Gruß.
Na also, dachte er. Geht doch. Mich bekommt ihr nicht. Keiner bekommt mich.
Jetzt fühlte Leberecht sich besser und sicherer als zuvor.
Der Rest des Arbeitstages verlief wie früher. Es gab keine Probleme mehr für Leberecht und es gelang ihm auch, freundlich zu seiner Sekretärin zu sein, was diese verwundert registrierte.

Als es auf den Feierabend ging, verspürte Leberecht keine große Lust, den Abend mit seiner Tante zu verbringen. Sicher hatte sie das Essen schon fertig und auch den neuesten Klatsch bereit.
Aber sie war es gewöhnt, dass er, wenn auch selten, abends ausging, ohne das vorher anzukündigen. Persönliche Freiheit nannte er das gegenüber seiner Tante, als diese ihn bat, doch wenigstens vorher anzurufen. Natürlich wolle sie ihn nicht einengen und schon gar nicht ihm die Gesellschaft einer alten Frau aufzwingen, wie sie etwas spitz hinzufügte. Es sei nur wegen des Essens. Jetzt hatte sie sich daran gewöhnt und stellte das Essen eben warm.
Lange blieb er sowieso nie weg.

Zwanzig Minuten später stellte Leberecht seinen Wagen auf dem Parkplatz des Tennisklubs ab. Sinnigerweise hieß der Klub Tennisklub am See". Aber schließlich war der See auch in der Nähe. Leberecht war kein Tennisspieler. Er hatte seit seiner Kindheit überhaupt nichts für sportliche Betätigung übrig. Nicht einmal im Fernsehen interessierte er sich für Sportsendungen.

Jetzt stand er unter den Bäumen und schaute sich um. Links lagen die Tennisplätze, auf denen trotz des trüben Wetters noch einige Unentwegte spielten. Sein Blick folgte den sauberen, rotbraun gepflasterten Wegen, die sich vom Parkplatz bis zum langgestreckten Flachbau des Klubhauses schlängelten.

Dort drüben. Dort arbeitete sie. Sie. Wenn er die Augen schloss, sah er sie vor sich. Großgewachsen, doch mit einer üppigen Figur, die in den engen Kleidern, die sie ständig trug, gut zur Geltung kam. Ihr Gesicht war etwas puppenhaft, was aber durch die großen wasserhellen Augen und den stets lächelnden Mund überstrahlt wurde.

Das dunkle, tiefschwarz nachgefärbte Haar umgab das hübsche Mädchengesicht mit weichen Locken. Die zwanzigjährige Jasmin Förster arbeitete als Bardame an der Theke des Klubhauses.

Karsten Leberecht war seit dem Tag, an dem er sie zum ersten Mal gesehen hatte, unsterblich in sie verliebt. Er war Klubmitglied geworden, obgleich

er nicht im Traum daran dachte, sich hier sportlich zu betätigen. Er gehörte damit zu den nicht einmal wenigen Klubmitgliedern, die einfach nur dazugehören wollten. Manch einem gefiel es auch sagen zu können, er gehöre dem Tennisklub an. Und ganz sicher war der eine oder andere dabei, der einfach nur ab und zu seiner nörgelnden Ehefrau entfliehen wollte.
Aber alle hatten etwas gemeinsam. Es waren Menschen, die meist an der Bar saßen und sich unterhielten. Da es sich in der Mehrzahl um Männer handelte, drehten sich die Gespräche zumeist um Sport oder um Frauen. Im Mittelpunkt der Letzteren stand ziemlich oft die hübsche Jasmin Förster.

Leberecht hatte sich immer von allen anderen ferngehalten. Er saß meist abseits an der Stirnseite der Bar vor seiner Cola und starrte über den Rand des Glases hinweg das Mädchen an. Gerade dieser Platz ermöglichte es ihm, die ganze Gestalt des Mädchens zu betrachten, das ständig hin und her laufen musste, um die Gäste zu bedienen.
Aber die hübsche Jasmin hatte keinen Blick für den ständig korrekt angezogenen, stillen Leberecht. Sie war in einen großen, breitschultrigen Burschen verliebt, der als Tennisstar des Klubs galt. Dass dieser die Zuneigung erwiderte, zog ihr den Neid der meisten weiblichen Klubmitglieder zu.
Da Leberecht zwar regelmäßig in den Klub kam, aber nie lange dort blieb, war ihm dieser Sachver

halt entgangen. Ihm genügte es bisher, wenn das Mädchen sein Lächeln bei der Bestellung erwiderte. Dass sie das nur rein mechanisch von Berufs wegen tat, entging ihm völlig.

Es hatte angefangen zu regnen. Wie aus einer Gießkanne fiel der Regen aus dem sich verdunkelnden Himmel und durchnässte das Gras und die Büsche an den Wegen.

Leberecht ging langsam auf dem Weg weiter. Er hielt nicht auf den hell erleuchteten Eingang zu, sondern ging, wie er es schon oft getan hatte, den geschwungenen Weg um das Klubhaus herum, bis er die Rückseite erreicht hatte.

Hier reichten die Tennisplätze fast bis an die Anlage des Hauses. Leberecht drückte sich durch die Büsche, bis er durch ein Fenster die Klubgaststätte überblicken konnte.

Jedesmal hatte er das getan, bevor er im Gastraum sein Glas Cola trank. Von hier aus konnte er die Barfrau ungestört betrachten und seine Fantasie spielen lassen.

Nur wenige Gäste saßen an den Tischen und an der Theke stand nur ein einzelner Mann. Ein hochaufgeschossener Bursche mit blonden Haaren.

Vielleicht wäre es besser gewesen, wenn mehrere Gäste an der Bar gestanden hätten und das Mädchen beschäftigt gewesen wäre.

Aber so musste der heimliche Beobachter am Fenster mitansehen, wie sie den großen Burschen

anlächelte und es zuließ, dass dieser sich über die Theke beugte und sie küsste.
In Leberecht Brust krampfte sich etwas zusammen. Er wandte sich ab und trat unter dem vorspringenden Dach wieder in den Regen hinaus. Ohne auf den jetzt stärker gewordenen Regen zu achten, ging er davon.

*

Zehn Tage später.
Seit anderthalb Stunden stand er jetzt schon im nieselnden Regen. Das dichte Buschwerk gab ihm Deckung zur Straße hin.
Seinen Wagen hatte er zehn Meter weiter abgestellt.
Sein Trenchcoat war schon völlig durchnässt und ständig rannen Tropfen in seinen aufgestellten Kragen. Trotz der immer noch sommerlichen Wärme durchrann ihn immer wieder ein Schauer.

Es war eine einsame verlassene Ecke hier am Rande des Industriegebietes.

Zu dieser Stunde verkehrten hier kaum noch Menschen. Nur gelegentlich fuhr ein Transportfahrzeug über die nahe Fernverkehrsstraße.

Aber der Mann wartete. Er wartete auf sie, seitdem er sie zum ersten Mal aus seinem Auto heraus im Vorbeifahren gesehen hatte. Seit drei Tagen wusste er, wo sie am Abend nach der Spätschicht vorbeiging.

Und von Tag zu Tag wurde er ungeduldiger. Jedesmal kam etwas dazwischen. Gestern ein Streifenwagen der Polizei, der langsam am Straßenrand dahinfuhr. Ihm war, als hielten sie nach ihm Ausschau. Aber diesmal hatte er keine Angst. Sie konnten ihm nichts anhaben, nichts beweisen. Er war der Klügere. Trotzdem hatte er sich tief in die Büsche gedrückt und abgewartet. Und wieder konnte er nur noch beobachten, wie sie in den Bus stieg, der in die Stadt fuhr.

Aber jetzt, jetzt kam sie.

Sie war ziemlich groß, hatte den Kragen der Sportjacke aufgeschlagen und trug eine Handtasche in der Rechten. Ihr Gesicht konnte er noch nicht erkennen, aber er erkannte sie an ihrer schlanken Gestalt und an ihrem federnden Gang.

Es war die neunundzwanzigjährige Jana Kramer. Sie arbeitete in einer Großbäckerei, wo sie in der Abendschicht bis um 22 Uhr beschäftigt war. Dann verließ sie allabendlich das Werk, um zwischen dem Industriegelände und dem großen, von Bäu

men und Büschen umgebenen Sportplatz bis zur Bushaltestelle zu gehen und von dort aus in die Stadt zu fahren.
In der Regel war sie um diese Zeit die Einzige, die mit dem Bus fuhr. Die wenigen anderen Mitarbeiter fuhren mit dem Wagen. Einer hatte sie am ersten Wartetag mit dem Wagen mitgenommen. Fast hätte Leberecht dadurch die Sache aufgegeben.

Jana Kramer war verheiratet und Mutter eines zweijährigen Kindes. Ihr Mann arbeitete auch im Schichtdienst und mochte es nicht, wenn Jana zur Spätschicht ging und er sie nicht immer abholen konnte. Er war es, der seine Frau an diesem ersten Tag mit dem Auto nach Hause gefahren hatte.
Heute hatte er Nachtschicht und konnte sie nicht abholen. Auf das Kind passte derweil Janas Mutter auf.
Weder die Mutter noch das Baby noch der Ehemann sollten die junge Frau lebend wiedersehen.

Jana war in Gedanken versunken. Der Regen hüllte sie fast ein und sie dachte voller Vorfreude an ihre Wohnung, wo ein Bad, trockene Sachen und ein von der Mutter zubereitetes Essen auf sie warteten. Und natürlich ihr Baby, das ihr Ein und Alles war.
Irgendwann würde sie auch dem Drängen ihres Mannes nachgeben und sich eine Arbeit in der Stadt suchen. Eine Arbeit, die sie nicht so lange von ihren Lieben fernhielt.

Aber noch brauchten sie das Geld.
Plötzlich schrak die junge Frau zusammen.
Von den Büschen auf der anderen Straßenseite löste sich eine Gestalt und kam mit raschen Schritten über die Straße näher.

Die Frau blieb stehen wie angewachsen und starrte dem Mann entgegen. Dieser blieb kurz stehen, um sich nach allen Seiten umzusehen, und wurde dann schneller.
Als er ihren Gehsteig fast erreicht hatte, löste sich ihre Starre. Sie drehte sich um und hastete davon.
Panische Angst hatte sie erfasst. Das war genau die Situation, vor der ihr Mann immer gewarnt hatte.
Der Mann folgte ihr. Sie hörte seinen keuchenden Atem hinter sich.
Jana war keine unsportliche Frau. Sie hatte in ihrer Jugend viel Sport getrieben und lief auch heute noch regelmäßig ihre Runden im Park.
Als sie aber jetzt die lauter werdenden Schritte ihres Verfolgers hinter sich hörte, spürte sie zu ihrem Entsetzen, wie ihre Kraft sie verließ. Die Angst lähmte ihren Willen.
Sie stolperte über eine Steinkante des Weges und ging in die Knie. Ihr Puls raste und in ihren Ohren hörte sie das Blut sausen.

Dann war der Mann bei ihr. Auch er keuchte vom schnellen Lauf. Jana kauerte am Boden und wagte nicht den Blick zu heben. Wenn doch nur jemand käme. Aber die Straße blieb still und leer.

Der Mann stand immer noch dicht vor.
Plötzlich erfasste eine derbe Faust ihre Schulter und riss sie hoch.
In der nächsten Sekunde gellte ein furchtbarer Todesschrei über den von vereinzelt stehenden Lampen gespenstisch erleuchtet daliegenden Sportplatz.

Der Mörder starrte eine Zeitlang stumm auf sein Opfer nieder. Dann wandte er sich ab und lief zurück zu seinem Wagen. In gemächlicher Fahrt verließ er die Gegend und fuhr in die Stadt zurück.
An einem McDonald's hielt er an. Er kaufte sich einen Burger, aß ihn draußen vor der Tür im Stehen und warf das Papier dann achtlos von sich.
Dann trat er wieder hinaus in den Regen und fuhr davon.

*

Der Mörder geht um in der Stadt!
Der 3. Mord des Serienmörders – Wer ist das nächste Opfer?

So titelten die Zeitungen in großen Lettern wieder auf den ersten Seiten. Jetzt nahm die Stadt wirklich Notiz vom mörderischen Geschehen.

Einige Tage später.
Der Mörder Leberecht stieg nach Feierabend in seinen auf dem Parkplatz abgestellten Wagen und fuhr wieder einmal zum Klubhaus am See.
Wieder ging er durch die Anlagen des Klubhauses und stahl sich an sein Beobachtungsfenster.
Diesmal regnete es nicht, aber die Luft war feucht und es roch modrig in den Büschen.
Zu seiner Überraschung fand er den Barraum leer. Leer bis auf die Frau hinter der Bar.
Sie stand hinter der Theke, hatte ein leeres Glas vor sich stehen und las in einer Zeitung.

Leberecht löste sich vom Fenster, ging um das Haus herum und betrat es durch den Haupteingang. Im Vorraum der Bar zog er seinen Mantel aus, nahm ihn über den Arm und ging im Schlenderschritt auf die Bar zu.

Jasmin Förster hob den Kopf und lächelte als sie ihn bemerkte. „Ah, Herr Leberecht. Sie sind der erste Gast heute Abend. Aber kein Wunder bei dem unbeständigen Wetter."

Leberecht antwortete nicht darauf. Er schob sich an die Theke, zog sich einen der hohen Barhocker heran und setzte sich der Bardame gegenüber.

„Was darf es denn heute sein?" Wieder lächelte sie ihn an.

„Wie immer."

„Entschuldigen Sie, ich weiß nicht mehr, was Sie bevorzugen, Herr Leberecht", sagte die Barfrau.

Na, immerhin weiß sie meinen Namen, dachte Leberecht. Laut sagte er: „Das macht doch nichts bei den vielen Gästen, die Sie jeden Tag bedienen. Geben Sie mir eine Cola, bitte."

Dabei dachte er daran, dass es so viele Gäste nun auch wieder nicht waren. Immerhin war es keine öffentliche Gaststätte, sondern ein Klub für zahlende Mitglieder.

Jasmin sah ihm seine Gedanken offenbar an und fixierte ihn einen Augenblick lang.

Dann nickte sie freundlich und goss ihm das Getränk ein.

Eine halbe Stunde saß er schweigend an der Bar, bestellte zwischendurch ein weiteres Glas und beobachtete Jasmin, wie sie die Zeitung las. Ab und zu schaute das Mädchen zu ihm herüber und zeigte ihm ein freundliches Lächeln.

Leberecht spürte dann jedesmal, wie es ihm durch und durch ging. Aber dann dachte er daran, was er letztes Mal durch das Fenster gesehen hatte. Sah vor seinen Augen, wie sie den großen blonden Burschen küsste und zärtlich anlächelte.

Abrupt stand er auf und legte ein paar Geldstücke auf die Theke. „Ich muss gehen."

„Scheußliches Wetter, es regnet wieder", sagte sie und blickte an ihm vorbei durch das dunkle Fenster, wo im Lichterschein der weit entfernten Laternen die Tennisplätze nur undeutlich zu erahnen waren.

„Ja, der Regen nervt langsam."

Er blieb noch einen Moment stehen und sagte, ohne sie anzusehen: „Ist es nicht langweilig für Sie?"

„Was?"

„So allein hier in der Bar."

„Ach, ich bin nicht allein, wissen Sie. Der Koch ist ja drüben in der Küche und unten im Keller sind die Aushilfskräfte mit Aufräumen beschäftigt. Außerdem kommen ja immer wieder Gäste."

Sie strich sich mit einer koketten Geste eine Locke aus der Stirn und fügte hinzu: „Mein Freund war auch schon hier."

Die Tatsache, dass dieser Schönling, wie er den Mann in Gedanken nannte, hier gewesen war, gab Leberecht den letzten Anstoß zu seinem Vorhaben, das er im Innern schon vor seiner Ankunft geplant hatte. Auch die Anwesenheit des Kochs und der beiden Hilfskräfte schreckte ihn nicht ab.
Er reichte ihr über die Theke die Hand und bat: „Würden Sie mir bitte vielleicht draußen das Licht anmachen? Die Außenbeleuchtung ist noch aus."

Er wusste genau, dass sie dazu durch den dunklen Vorraum gehen musste, um zu dem Schaltkasten zu gelangen, der dort hinter der Garderobe angebracht war.
„Aber natürlich. Gerne."
Sie trippelte auf ihren hochhackigen Schuhen vor ihm her auf die Tür zum Vorraum zu.
„Tolle Figur", zuckte es dem Mörder durch den Kopf. Wenig Gedanken machte er sich darüber, dass er gewärtig sein musste, jeden Augenblick überrascht zu werden. In der Küche, die nur wenige Meter von hier entfernt lag, arbeitete der Koch. Nicht weit von der Theke entfernt führte die Tür zu den Kellerräumen hinunter, wo die Aushilfskräfte beschäftigt waren, und im jetzt noch dunklen Vorraum befand sich der große gläserne Eingangsbereich des Klubhauses, durch den jeden Augenblick ein Besucher kommen konnte.

Alles das waren Tatsachen, mit denen sich das Gehirn Leberechts in diesen Augenblicken nicht beschäftigte.
In dem Moment, in dem sich Jasmin Förster in der Nische mit dem Schaltkasten befand, spürte sie instinktiv, dass der Mann dicht hinter ihr war.
Sie fuhr herum. Leberecht presste ihr hart die Hand auf den Mund und holte mit dem Messer aus. Mit leisem Röcheln wand sich die junge Frau noch eine Zeitlang in den Armen des Mörders und sackte dann zusammen.
Leberecht presste der Sterbenden weiter die Hand auf den Mund und schleppte sie zum Eingang hinaus auf den Vorplatz. Er zog sie, wie später an den Spuren festgestellt wurde, an den Büschen entlang bis zu den Golfplätzen. Hier lag bereits eine Segeltuchplane, die er vorher von einem der Zäune geschnitten und bereitgelegt hatte.

In diese Plane wickelte er den Körper der Barfrau. Das war auch der Zeitpunkt, an dem Jasmin Förster starb.
Der Verbrecher hatte die Nerven, mit seiner schweren Last über die Wege zum Parkplatz zu eilen. Es war schon ein großer Zufall, dass ihm auf diesem recht langen Weg niemand begegnete. Auch dass ihn niemand hatte in den Klub kommen sehen, war wohl dem schlechten Wetter geschuldet.

Leberecht hatte die Leiche des Mädchens in den Kofferraum seines großen Wagens gepackt und fuhr ohne Eile davon.
Auf der großen Hauptstraße war der Verkehr noch ziemlich dicht. Überall glänzten Lichter auf dem nassen Asphalt. Viele Geschäfte hatten noch geöffnet und auf den Gehwegen wogte ein Meer von Regenschirmen.

Leberecht bog von der Hauptstraße ab, durchfuhr mehrere kleinere Straßen und hielt schließlich vor dem Haus seiner Tante. Hier war kein Mensch mehr auf der Straße zu sehen.
Hinter den Fenstern der weit auseinanderstehenden, von Vorgärten gesäumten Häuser leuchtete gelbes Licht. Aus manchen zuckte auch der bläuliche Schein eines Fernsehgerätes.

Die Menschen dieser Stadt, die sich in den Geschäften drängelten, sich in den Kinos und Gaststätten vergnügten oder wie hier in der einsamen Straße in ihren Häusern gemütlich in ihren Sesseln saßen, sie alle ahnten nicht, dass der Mörder wieder einmal zugeschlagen hatte.

Leberecht stieg aus und schaute zu den Fenstern des Hauses seiner Tante. Alle Fenster waren dunkel. Nirgends brannte mehr Licht.
Er wusste, dass seine Tante seit Tagen kränkelte und daher früh zu Bett ging.
Hier trank sie noch eine Tasse Tee und nahm ein Schlafmittel

Das allerdings hatte ihn nicht bewogen, seinen Plan gerade heute auszuführen.
Dass er jetzt hier vor dem Haus stand, gehörte nicht zu seinem Plan. Er hatte überhaupt nicht darüber nachgedacht, wo er die Leiche lassen wollte.
Was er jetzt tat, geschah planlos und instinktiv.
Er schleppte den Körper der Toten um das Haus herum und ließ ihn am hinteren Eingang liegen.
Dann ging er zurück, öffnete wie immer mit seinen Schlüssel die Haustür und betrat das Haus seiner Tante. Einen Augenblick blieb er stehen und lauschte. Alles blieb still.

Er ging in die Küche, nahm sich eine Flasche Bier aus dem Kühlschrank, öffnete sie und trank in kleinen Schlucken.
Ohne Eile stellte er die noch fast volle Flasche ab, ging in den Flur und öffnete die Tür zum Hintereingang
Wenige Minuten später lag das grüne Planenbündel vor ihm auf der Werkbank des verstorbenen Onkels vor ihm. Er griff nach dem Planenende und zog es zurück, Die funzlige, angestaubte Glühbirne ohne Schirm, die von der Kellerdecke hing, gab nicht viel Licht.

Es reichte ihm aber aus, um das jetzt bleiche, durchsichtig erscheinende Gesicht des Mädchens zu sehen.
Mit kalten glasigen Augen blickte der Mörder auf sie nieder. „Da hab ich Dich also, da hab ich Dich.“

Das trübe Licht der Lampe warf einen gespenstischen Schein auf die makabre Szene. Die durch das Schaukeln der Glühbirne hervorgerufenen Lichtreflexe widerspiegelten sich in den weitgeöffneten Augen der Toten und riefen einen Eindruck von Leben hervor.
Ihr Gesicht dagegen hatte eine wächserne Farbe angenommen. Die verkrampften Züge zeigten die ganze Todesangst ihrer letzten Sekunden.
Sie war seine Traumfrau gewesen, die hübsche Bardame Jasmin Förster.
Aber sie hatte ja nicht freiwillig zu ihm kommen wollen. Sie hatte nur Augen für diesen, diesen... Leberechts Gedanken drehten sich im Kreise.

Verächtlich hatten sie auf ihn herabgeschaut. Aber was hat es euch jetzt genützt.
Immer noch starrte der Mörder mit verzerrtem Gesicht auf sein Opfer.
Plötzlich rutschte der der linke Arm der Toten von der Werkbank herunter und pendelte hin und her, als sei wieder Leben in ihn gekehrt.
Leberecht fuhr zurück. Schreckensstarr stand er da und starrte auf den langsam auspendelnden Arm.
In plötzlich aufsteigender panischer Angst raffte er mit fliegenden Händen die Plane zusammen, wickelte die Leiche ein und schleppte sie zurück zu seinem Wagen.

Mittlerweile war es nach Mitternacht. Die Straße lag leer und düster vor ihm. Kein Mondlicht, keine Sterne beleuchteten sein Tun.
Als Leberecht zurückkam, war es fast ein Uhr.
Er hatte die tote Jasmin Förster an derselben Stelle abgelegt, wo er schon einmal ein Opfer hinterlassen hatte. Im Park am See.
Dort wurde sie auch am nächsten Tag gefunden.

*

Vor dem dunklen Hauseingang stand ein hochgewachsener Mann und blickte über das regennasse Pflaster der Straße am Park.
Er trug einen nassen Regenmantel und auch das glatte strohblonde Haar war nass.
Das Licht einer Straßenlaterne beleuchtete seine Gestalt nur spärlich.
Und sein scharfkantig geschnittenes Gesicht lag halb im Dunkeln.

Es war das Gesicht des Kriminaloberkommissars Jürgen Olsen. Des „Schweden“, wie er von seinen Mitarbeitern und mittlerweile auch von der Presse wegen seines Namens und seines Aussehens genannt wurde.

Olsen war kein Schwede. Sicher hatte er irgendwelche nordischen Wurzeln, die ihm aber nicht bekannt waren und ihn auch nicht interessierten.
Vor ziemlich einem Jahr war er an die Polizeidirektion der Stadt versetzt worden. Strafversetzt, wie er es bei sich nannte, was er aber seinen Mitarbeitern gegenüber niemals zugeben würde.

Olsen war Mitarbeiter einer Spezialabteilung gewesen, die sich hauptsächlich mit der Aufklärung von Tötungsverbrechen beschäftigt hatte.
Seine Aufklärungserfolge waren legendär.
Trotz oder gerade wegen dieser Erfolge war er wegen seiner unorthodoxen Arbeitsweise mehrfach mit seinen Vorgesetzten aneinandergeraten, so dass diese Versetzung unvermeidlich war.
Hier war ihm sein Ruf vorausgeeilt, was ihm aber keineswegs zugute kam. Von seinen neuen Vorgesetzten wurde er argwöhnisch beobachtet, seine Mitarbeiter behandelten ihn zurückhaltend und die Presse, ja die war ein Thema für sich.

Gunter Großmann, der hiesige Polizeireporter, hatte ihn schon kurz nach seiner Ankunft im Visier. Offenbar hatte sich die Versetzung des „Schweden“ schon herumgesprochen, noch bevor er überhaupt angekommen war.
Jedenfalls widmete Großmann ihm einen Willkommensartikel, der nicht spöttischer sein konnte, den der Schwede aber mit Gleichmut hinnahm.

Nicht ganz so gleichgültig war ihm aber die Tatsache, dass er jetzt Taschendieben, Zuhältern und Kleindealern hinterherlief, statt sich mit Mördern zu beschäftigen. Aber auch das sah man ihm nicht an.

Im Moment war er hinter einem Mann namens Müller her. Dieser, ein polizeibekannter Einbrecher, war schon seit einiger Zeit zur Fahndung ausgeschrieben und angeblich mehrfach in der gegenüberliegenden „Parkklause" gesehen worden.
Die Parkklause gehörte eigentlich nicht zu den bekannten Schlupflöchern der hiesigen Unterwelt. Aber es gehörte zu den Eigenheiten Olsens, jedem noch so kleinen Fingerzeig nachzugehen. Und er tat es gerne persönlich.
Aus dem Eingang der Parkklause trat jetzt ein Mann.
Ein schmächtiges Kerlchen, das auf ziemlich krummen, dünnen Beinchen schräg über die Straße auf Kriminaloberkommissar Olsen zukam. Schon von weitem zuckte er wie entschuldigend mit der Schulter.

Es war Kriminalhauptmeister Schulzendorfer, dessen Kopf glatt wie eine Billardkugel im Licht der Straßenlampe glänzte.
Schulzendorfer war schon seit vielen Jahren bei der Kripo, wie er es nannte, und gehörte zum Urgestein der Abteilung.

Anfangs war er nicht sehr erfreut, dass er dem berühmten „Schweden“ zugeteilt worden war, dem überdies sein Ruf als „Durchreißer“ vorausgeeilt war. Schnell hatte er aber gemerkt, dass sie beide auf einer Wellenlänge lagen, und erkannte die Fähigkeiten des Oberkommissars an.
„Und“, fragte Olsen.
Schulzendorfer schüttelte den Kopf. „Da drin kennt ihn niemand. Das war wohl doch ein Windei.“
Der Oberkommissar blickte die Straße entlang und zog eine seiner schwarzen Virginias heraus, die er sich zwischen die Zähne schob.
Unvermittelt fragte er dann: „Hast Du was Neues gehört in der Sache mit dem Serienmörder?“
„Nein.“ Schulzendorfer schüttelte den Kopf. Langsam nervte der Schwede mit seinem Interesse an der Sache. Sicher, die Geschichte war aufsehenerregend, aber sie ging ihre Abteilung nichts an. Da kümmerten sich bereits andere darum.

Natürlich wusste Schulzendorfer, warum es für Olsen unmöglich war, an einer solchen Sache kein Interesse zu nehmen. Schließlich war es sein Metier gewesen, Ermittlungen in solchen Fällen zu führen.
„Bisher gibt es keine Spuren, die zu dem angeblichen Serienmörder führen. Auch ein Motiv ist bisher nicht erkannt worden.“
„Warum angeblicher Serienmörder, die Begehungsweise ist immer dieselbe. Jetzt schon bei vier Morden.“

„Stimmt schon, aber Serienmörder hinterlassen meistens Spuren“, antwortete der Kriminalhauptmeister und wischte sich die Wassertropfen von der Glatze. „Hier wurden bisher keine gefunden, die auf den Täter hinweisen könnten.“
„Er wird bisher Glück gehabt haben, und was das Motiv angeht“, fuhr Olsen fort, „so hat schon mancher gemordet, weil es ihm einfach Freude macht. Aber Du hast Recht, was geht es uns an.“
Eine Weile war es still zwischen den beiden Kriminalbeamten.

Olsen stand bewegungslos da und starrte mit unbewegtem Gesicht auf das nasse Straßenpflaster. Schulzendorfer betrachtete ihn von der Seite. Worüber dachte er nach? Über den Mörder, der in den letzten Stunden wieder eine junge Frau praktisch abgeschlachtet hatte?
Kriminalhauptmeister Schulzendorfer hatte seinen Vorgesetzten schon am Vormittag dabei beobachtet, wie er die Polizeimeldungen studierte und das Gesicht des letzten Opfers, der jungen hübschen Jasmin Förster, betrachtet hatte.
Und er hatte auch gesehen, wie das Gesicht des „Schweden“ dabei versteinerte.
Jetzt löste sich die Erstarrung des Hauptkommissars. „Feierabend“, murmelte er.
Schulzendorfer nickte beipflichtend.

*

Trotz der gestrigen Nachttour, wie der Kriminalhauptmeister es nannte, waren er und der „Schwede“ schon früh in der Polizeidirektion.
Als wäre es abgesprochen, trafen sie zeitgleich mit ihren Autos auf dem Parkplatz ein und gingen zusammen auf den etwas düsteren Bau der Polizeidirektion zu.

Während Schulzendorfer sofort das Gebäude betrat, blieb Hauptkommissar Olsen noch auf dem Parkplatz stehen. Er sog die nach dem gestrigen Regen noch frische Morgenluft durch die Nase und betrachtete die triste Umgebung des Polizeigebäudes. Links am Parkplatz schloss sich ein ehemaliges Werksgebäude an. Es war aus denselben dunkelroten Klinkern gebaut wie die Polizeidirektion auch. Vermutlich gehörten die Gebäude irgendwann zur selben Firma.
Jetzt war das Werksgebäude verfallen. Wie Olsen erfahren hatte, stand es seit Jahren leer, da sich kein Investor finden ließ. Nur die Nähe zum Polizeigebäude verhinderte aber offenbar, dass dort zwielichtige Gestalten ihr Unwesen trieben.
Auf der anderen Seite grenzte die Polizeidirektion an das große Friedhofsgelände der Stadt.

Von seinem Bürofenster im dritten Stock des Gebäudes hatte der Hauptkommissar einen Überblick über den gesamten Friedhof mit seinem alten Baumbestand, der Friedhofskapelle und den gepflegten Gräbern und Grabdenkmalen. Nicht der schlechteste Ausblick, wie er fand.
Er hatte von dort schon so manche Beerdigung miterlebt.

Langsam wandte Olsen sich ab und ging durch die Vorhalle des Polizeigebäudes. Dem Diensthabenden am Schalter zunickend, ließ er den Fahrstuhl links liegen und schritt die Treppe hoch. Er benutzte nie Fahrstühle. Aus sportlichen und gesundheitlichen Gründen, wie er verlauten ließ, wenn ihn jemand fragte. In Wirklichkeit hasste der Hauptkommissar jegliche Art von Aufzügen. Schuld daran war eine nicht restlos bekämpfte Platzangst, die er sich aber nur selten selber eingestand. Er mochte es nur halt nicht, eingeengt zu sein.
Auf seinem Schreibtisch fand er eine Notiz vor. In ihrer kaum leserlichen Handschrift hatte die Abteilungssekretärin notiert: „Sofort den Chef anrufen!!!"

Normalerweise hätte Olsen das kalt gelassen und er hätte irgendwann im Laufe des Tages angerufen. Aber die drei Ausrufezeichen zeigten ihm die Dringlichkeit.

Polizeirat Mertens war sofort am Apparat. „Endlich, Olsen. Ich habe schon auf Ihren Anruf gewartet.“
„Was gibt es so Dringendes, Herr Polizeirat? Die Taschendiebe laufen schon nicht weg“, fügte er etwas bitter hinzu.“
„Lassen sie das, Olsen. Mir geht es nicht um Ihre Taschendiebe. Wenn ich auch denke, dass Sie damit ausgelastet sind. Schließlich gibt es genug davon. Mir geht es um etwas anderes“, tönte es unwirsch aus dem Hörer. „Sie haben sich Einsicht in die Akten der letzten Morde verschafft und sogar versucht, telefonisch Auskunft über die Obduktionsbefunde zu bekommen.“
„Nur aus Interesse, Herr Polizeirat“, versuchte Olsen beschwichtigend einzuwerfen und wurde grob unterbrochen.
„Olsen, wenn ich etwas nicht leiden kann, ist es, dass sich meine Kommissare gegenseitig die Kompetenzen streitig machen. Hauptkommissar Lenz hat sich bei mir über Ihre Einmischung beschwert, zumal er mitbekommen hat, dass Sie auch hinter seinen Rücken Befragungen von Zeugen zu den Morden vorgenommen haben. So geht das nicht!“
Oberkommissar Olsen hielt den Hörer stumm an sein Ohr.
„Olsen, ich kann sie ja verstehen.“ Die Stimme des Chefs wurde leiser und milder. „Aber Hauptkommissar Lenz ist der Leiter der Mordkommission

und, wie ich betonen möchte, ein äußerst fähiger Mann. Lassen Sie also die Finger von der Sache und kümmern Sie sich um ihr Ressort. Ich hoffe, wir haben uns verstanden", wurde die Stimme des Polizeirates wieder lauter und heftiger. Abrupt wurde der Hörer aufgelegt. Olsen stand noch eine Zeitlang mit dem Hörer in der Hand da und sah schweigend über die Grabreihen des Friedhofs.

Nicht weit entfernt wurde die erste Beerdigung des Tages vorgenommen. Olsen konnte alle Einzelheiten des Vorgangs erkennen. An den Mundbewegungen sah er, dass der Pfarrer die letzten Worte sprach.

Das Klopfen an der Tür überhörte er. Das schien den hereintretenden Kriminalhauptmeister Schulzendorfer nicht zu bekümmern. Ohnehin hatte er kein Herein abgewartet.

In der Hand balancierte er zwei große Tassen Kaffee.

„Was ist los, Chef. Ist Dir eine Laus über die Leber gelaufen? Du siehst aus, als wenn Du Deiner eigenen Beerdigung zusiehst."

„Nein, meiner nicht, aber es kann gut möglich sein, dass dort eines der Opfer des Messermörders beerdigt wird."

Schulzendörfer stellte die beiden Tassen ab und schob eine zum Hauptkommissar hinüber.

„Was anderes geht Dir wohl nicht mehr im Kopf herum. Irgendwann eckst Du damit an."

„Ist schon passiert. Der Chef hat mir eben den Kopf gewaschen und mir jede Einmischung in den Fall untersagt. Du kannst Deine Moralpredigt also lassen. Trotzdem kann er mir nicht verbieten, den Fall aus Interesse aus der Ferne zu verfolgen."
„Uns, Chef, uns", warf Schulzendörfer ein. „Mich interessiert die Geschichte auch. Aber das geht wohl im Moment jedem in der Stadt so."
Er griff in sein Jackett und zog die Tageszeitung heraus.
„Dein spezieller Freund Großmann hat wieder einen Artikel zu der Mordserie geschrieben."
„Großmaul müsste der eher heißen."
Olsen griff nach der Zeitung.

POLIZEI ERFOLGLOS GEGEN DEN MESSERMÖRDER

war die großbalkige Überschrift.

Jeder Mord war noch einmal akribisch aufgelistet. „Woher hat der Kerl die ganzen Informationen", murmelte Olsen durch die Zähne. „Und an der Polizeiarbeit lässt er kein gutes Haar."

Keine Spuren konnten gesichert werden. Ist die Polizei machtlos oder unfähig?

„Natürlich konnten keine Spuren gesichert werden. Es waren ja keine vorhanden", presste Olsen wütend hervor. Er warf die Zeitung auf den Tisch. „So bekommt man den Täter nicht. Da braucht es ande re Methoden. Aber lassen wir das. Kümmern wir uns um unseren Kram."

*

Es dunkelte schon, als Oberkommissar Olsen mit seinem alten Ford auf den Parkplatz des Tennisklubs am See einbog.

Langsam schlenderte er durch die Anlage. Gedankenversunken betrachtete er das Gelände und das Klubhaus. In der Anlage war es still und menschenleer. Nur der Wind raschelte in den Zweigen der alten Buchen, die das Gelände überschatteten.
„Ganz schön dunkel und unübersichtlich hier", dachte Olsen. „Und kein Wächter oder wenigstens ein Wachhund." Er umschritt das ganze Gelände und näherte sich schließlich dem Klubgebäude, in dessen dunklen Fenstern sich das spärliche Licht der vereinzelt stehenden Laternen spiegelte. Auch das Gebäude umrundete er langsam und versuchte in jedes der dunklen Fenster zu schauen, was aber erfolglos blieb, da im Inneren kein Licht brannte.
Die Stufen zum Portal nahm er mit einem langen Schritt und rüttelte am Türdrücker. Verschlossen.

Im Fenster der Tür hing ein Schild, gebastelt aus einem Stück Pappe.

„WEGEN TODESFALL GESCHLOSSEN“,

stand dort in großen ungelenken Druckbuchstaben. „Von wegen Todesfall, wegen Mordes müsste dort stehen“, dachte der Hauptkommissar.

„He, Sie!“, gellte da plötzlich ein scharfer Ruf hinter ihm. Er wandte den Kopf und sah im Licht einer der Laternen an der Weggabelung zum Parkplatz einen Mann stehen.

Olsen ging auf ihn zu. Der Mann wich langsam zurück. „Wer sind Sie, was suchen Sie hier. Das ist Privatgelände!“ Der alte Mann hatte sichtlich Angst.

„Oberkommissar Olsen“. Olsen streckte dem Mann seinen Dienstausweis entgegen. Obwohl er diesen im Dämmerlicht ganz sicher nicht lesen konnte, entspannte der Alte sich sichtlich.

„Sie sind also der berühmte Schwede!“

„Sie kennen mich?“, fragte Olsen erstaunt. „Nein“, sagte der Alte jetzt ganz vergnügt, „aber ich lese Zeitung. Ihr Ruf eilt Ihnen voraus.“

„Und Sie“, hakte Olsen nach. „Sie sind der Nachtwächter?“

„Ja, der bin ich und mir entgeht nichts und niemand“, warf sich der Alte in die Brust.

Neugierig fragte er: „Sie sind wegen des Mordes hier, nicht wahr?“

„Nicht wegen des Mordes“, sagte Olsen „wegen des Mörders.“ Und fragte weiter: „Waren Sie am bewussten Tag im Dienst, Herr...?“

Der Alte schob seine Basecap in den Nacken und kratzte sich die Glatze: „Wegner mein werter Name und ich bin immer im Dienst, Herr Kommissar, aber nie so früh. Als ich kam, war schon alles vorbei.“ Es klang, als ob ihm diese Tatsache leid täte. „Heute bin ich nur so früh da, weil wir ja geschlossen haben. Wegen dem Mord, verstehen Sie?“

Vertraulich senkte der alte Mann die Stimme und fragte: „Haben Sie schon eine Spur?“

Olsen musste lächeln: „Leider nein. Und leider ist es nicht mein Fall.“

„Nicht ihr Fall. Aber sind Sie denn nicht der Spezialist für solche Fälle? Im Zeitungsartikel stand doch...“ Olsen unterbrach den sich ereifernden Alten: „Das war früher, jetzt und hier geht mich die Sache nichts an.“

In Begleitung des Alten ging Olsen ohne Eile zum Parkplatz.

An seinem Wagen angekommen, blieb er stehen und reichte dem Alten die Hand. „Es war nett, Sie kennenzulernen.“ Er wollte sich abwenden, als der Alte sagte: „Falls ich etwas in Erfahrung bringe, soll ich Sie dann anrufen?“

„Ich glaube, es genügt, wenn Sie die Polizeiinspektion anrufen, falls Sie etwas in Erfahrung bringen, das mit dem Mord in Zusammenhang steht."
Hauptkommissar Olsen nickte dem Alten noch einmal freundlich zu, stieg in sein Auto und fuhr davon.
Der Alte schaute den Rücklichtern des davonfahrenden Wagens nachdenklich nach.
Schließlich wandte er sich ab und brummelte: „Ich glaube, ich werde doch lieber Sie anrufen."

*

Zur selben Stunde fuhr vor dem Haus der Witwe Gellert ein Wagen vor.
Der Mann, der ausstieg und mit müden Schritten auf das Gartentor zuging, war Karsten Leberecht.
An der Pforte blieb er einen Moment stehen und sah die dunkle Straße entlang, schob dann die Pforte auf und betrat den Vorgarten.

Wie jeden Abend in den letzten Tagen kam Leberecht spät nach Hause. Er blieb länger als sonst und fuhr dann noch wie von einer inneren Unruhe getrieben durch die Straßen der Stadt.

Er war sich nicht bewusst, was ihn trieb, aber auch wenn er es sich nicht eingestand, er war auf der Suche.
Plötzlich wurde sein Blick durch einen Lichtschimmer angezogen, der hinter einem Gebüsch aus einem Kellerfenster kam.
Sekundenlang war er wie erstarrt und starrte auf den diffusen Schein.

Dann stürmte er um das Haus herum. Mit fliegenden Händen öffnete er das Schloss der Hintertür und hastete die Treppe zum Keller hinunter.
Am Eingang des offenstehenden Kellers, in dem früher der alte Gellert seinen Hobbys nachgegangen war, blieb er stehen und starrte mit schreckgeweiteten Augen auf die Gestalt, die an der Werkbank stand und ihm entgegensah.
Es war Doris Gellert. Das hagere Gesicht seiner Tante erschien um Jahre gealtert. Sie trug die grauen Haare aufgelöst und über ihrem Nachthemd nur eine alte Strickjacke, die sie krampfhaft mit den Händen vor ihrem Körper zuhielt.

Leberechts Blicke zuckten durch den Raum. Dann stieß er heiser hervor: „Was hat das zu bedeuten? Was suchst Du um diese Zeit im Keller? Ich denke, Du bist krank?“
Die alte Frau stand weiter wie erstarrt an der Werkbank. Nur ihre Hände schlossen die Strickjacke enger und ein Zittern durchlief ihren Körper.
Der Mann spürte Unbehagen in sich aufsteigen. „Was ist los? Was treibst Du Dich hier um Mitternacht im Keller herum?!“

Jetzt öffnete die alte Frau den Mund. Zögernd nur und stockend kamen die Worte von ihren Lippen. „Heute in der Zeitung ... der Mord an Jasmin Förster. Ihre Leiche wurde gefunden. Ihr rechter Schuh, er wurde vermisst, ein kleiner weißer Stöckelschuh mit hohen Absätzen und einer Lederschleife vorne an der Spitze…“

Abgehackt und mit Unterbrechungen brachte sie diese Worte hervor.

Trotz der leisen Stimme seiner Tante dröhnten sie in den Ohren Leberechts.

Er hatte heute auch die Zeitungen gelesen. Aber nur die Überschriften überflogen.

Alles, was er suchte, stand dort in großen Lettern.

DER MÖRDER SCHLUG WIEDER ZU!
POLIZEI HILFLOS GEGEN DEN MESSERMÖRDER!
JEDER KANN DAS NÄCHSTE OPFER SEIN!

Das Kleingedruckte hatte ihn nicht interessiert. Und jetzt stand es hier im Raum. Wie mit großen bleiernen Lettern.

Fahles Licht ergoss sich über den engen Kellerraum.

Leberecht stand immer noch reglos an der Tür. „Was hast Du mit dem Mord zu tun, Karsten?“, kam es kaum hörbar von der Tante.

Karsten Leberecht hatte verstanden.

Aber er begriff nicht. Was war geschehen. Wie hatte sie darauf kommen können. Das Ungeheuerliche vermochte er nicht zu fassen.
Sie war dahinter gekommen. Hatte ihn durchschaut. Wie war so etwas möglich.
Seine Nerven wollten nachgeben. Nur mit Mühe vermochte er die Zähne zusammenzupressen und die geballten Fäuste in den Manteltaschen zu lassen. Sie konnte nichts wissen.

Niemand würde ihm je auf die Spur kommen.
Vier Schritte von ihm entfernt stand die alte Frau und starrte ihn mit entsetzten Augen an.
„Ein kleiner weißer Schuh... mit einer Schleife an der Spitze..."
Leberecht schluckte. Plötzlich spürte er, wie er zu zittern begann. Schweiß stand auf seiner Stirn. Aber noch immer verharrte er wie erstarrt am Türrahmen.
Das durfte doch alles nicht wahr sein. Die Umgebung verschwamm vor seinen Augen.
Wie konnte sie ihm denn nur auf die Spur gekommen sein. Er hatte doch alles im Griff gehabt.

Der Schuh! Hatte er tatsächlich den Schuh übersehen?
Leberecht riss sich zusammen.
„Ich weiß nicht, was Du da redest", stieß er heiser hervor. „Du bist krank, geh sofort auf Dein Zimmer und leg Dich wieder hin."
„Wie Du plötzlich mit mir redest, Karsten", kam es leise von der Frau.
Wieder war es einen Augenblick still.

„Ich weiß nicht, was Du willst, Tante Doris. Du bist krank, Du musst Dich hinlegen. Also vorwärts!“
Als er auf sie zugehen wollte, zuckte plötzlich ihre Rechte, die unter ihrer Strickjacke verborgen war, hervor und Leberecht sah einen kleinen, weißen Schuh mit langem Absatz und einer kleinen Schleife an der Spitze.

Totenblass wurde das Gesicht des Mörders.
Seine dünnen Lippen waren blutleer und schmal wie ein Strich, ihre Winkel zogen sich nach unten. Seine Hände krampften sich vor dem Körper, als wollten sie jemanden ergreifen.
Da löste sich die Erstarrung, die die entsetzte Frau seit ihrer furchtbaren Entdeckung ergriffen hatte, und Angst stieg in ihr auf.
Leberechts Blicke irrten im Raum umher. Er fletschte die Zähne und krächzte mit halberstickter Stimme: „Was hast Du nun vor, was willst Du von mir?“

„Du bist ein Mörder, Karsten Leberecht, ein Mörder...“
Leberecht sprang mit einem Satz auf sie zu.
Mit einer blitzartigen Bewegung riss die alte Dame den Schuh hoch und hieb ihn ihm mit letzter Kraft ins Gesicht.
Hart vom scharfen Absatz im rechten Augenwinkel getroffen, wich Leberecht zurück und konnte einen Schmerzensschrei nicht unterdrücken.

Von Angst getrieben stürmte Doris Gellert an ihm vorbei, konnte ihn zur Seite stoßen, hatte schon fast die Kellertreppe erreicht - und hörte dann schon seine hastenden Schritte hinter sich. Er ergriff sie am Arm und stieß sie brutal gegen die Wand.

„Tante Doris“, keuchte er. „Mörder!“, stieß sie atemlos aus. „Du Mörder! Und Dich habe ich wie einen eigenen Sohn aufgenommen!“

„Tante Doris, lass Dir doch erklären...“

„Erklären?“, unterbrach sie ihn mit erstickender Stimme und wurde immer noch von ihm hart gegen die Flurwand gepresst. „Du bist ein Mörder, eine Bestie!“

„Nein“, schrie er, „nein!“

„Du kannst mir nichts vormachen. Ich habe das Hemd in Deinem Schrank gefunden, die rechte Manschette ist voller Blutspritzer.“

„Ich habe es doch an dem Abend gar nicht getragen.“

Ein verzweifeltes Lachen brach aus der Kehle der alten Frau. „Nein, nicht an jenem Abend, aber an dem Abend, als du die beiden armen Teufel am Stadtpark umgebracht hast!“

Da prallte er zurück.

„Aus!“, stieß er hervor. „Jetzt hast Du selbst dein Todesurteil gesprochen.“

Die Frau vermochte sich nicht zu rühren. Wie versteinert stand sie da.

Da warf er sich ihr entgegen. Das Messer blitzte in seiner Hand, und im nächsten Moment gellte ein Todesschrei durch das einsame Haus.

Von einem entsetzlichen Schnitt getroffen, stürzte die Frau zu Boden. Als ihr Röcheln endlich erstarb, kam Leben in die starr dastehende Gestalt des Mörders.
Er machte sich an die Arbeit - und es war diesmal eine gründliche Arbeit. Nicht die geringste Spur im Keller wies auf die Tragödie hin, die sich da zwischen den beiden Menschen abgespielt hatte.
Leberecht hatte die Tote vor das Haus geschleppt und stürzte dann zum Telefon.
Schon nach weniger als zehn Minuten hielt ein Polizeiwagen vor der Tür.

Und ein eiskalter Mörder berichtete den Polizisten mit entsetztem Gesichtsausdruck, dass er bei seiner Heimkehr die Tante genauso wie sie jetzt dalag tot vor ihrer Haustür gefunden hatte.
Doris Gellert war ermordet worden. Die Zeitungen würden bald von ihrem gewaltsamen Ende berichten.
Der Messermörder hatte wieder zugeschlagen.

*

Am Morgen kurz vor acht betrat der jetzt fünffache Mörder und Mörder seiner eigenen Tante die Eingangshalle der Bibliothek und war auf dem Weg zu den Fahrstühlen.

Man sah ihm deutlich die Spuren der letzten Nacht an. Sein Gesicht war hohlwangig, er war bleich und hatte Ringe unter den Augen.
Das hatte aber nichts mit etwaigen Gewissensbissen zu tun, sondern lediglich mit dem fehlenden Schlaf der letzten Nacht. Trotzdem war er angespannt und wollte so schnell wie möglich in die Sicherheit seines Büros. Noch wusste hier niemand etwas vom gewaltsamen Tod seiner Tante, so dass er noch vor neugierigen Fragen und Kondolenzbezeugungen sicher war.

Seine Schritte wurden langsamer, als er seine Sekretärin wartend vor den Fahrstühlen stehen sah. Auf keinen Fall wollte er gemeinsam mit ihr im selben Fahrstuhl fahren. Er konnte es selbst nicht sagen, aber ihr gegenüber hatte er immer das Gefühl, dass sie ihn nicht mochte.
Aber das beruhte ja auf Gegenseitigkeit. Dabei hatte er an ihrer Arbeit nichts auszusetzen und sie war auch stets zuvorkommend und höflich ihm gegenüber.

Plötzlich trat von der Seite ein hochgewachsener, schlanker Mann auf den Mörder zu.
„Mein Name ist Olsen, Oberkommissar Jürgen Olsen."
„Olsen?" Der Mörder schluckte. Er hatte ebenso schlagartig wie in der vergangenen Nacht der Klubwächter begriffen, wen er da vor sich hatte. „Jürgen Olsen?"
„Ja, kommen Sie doch bitte mit!"

Leberecht war wie vor dem Kopf geschlagen und nicht fähig, auch nur eine Geste des Widerstandes zu machen. Mechanisch ging er neben dem Oberkommissar her dem Ausgang zu und war erstaunt, dass hier keine Polizisten auf ihn warteten, um ihm Handfesseln anzulegen.

Jürgen Olsen deutete nach rechts die Straße hinunter. „Vielleicht können wir ein Stück miteinander gehen. Ich werde Sie nicht lange aufhalten. Sie haben doch noch Zeit?“

Leberecht hatte das Gefühl, dass ihm ein Stein vom Herzen fiel. In seinen Ohren rauschte es und die Straße verschwamm vor seinen Augen. Er musste sich sehr zusammennehmen, um mit möglichst unbefangener Stimme zu antworten.

„Ja, natürlich gerne.“

Er atmete auf, sog tief die Luft ein und tastete seine Taschen nervös nach Zigaretten ab. Als er sie endlich gefunden hatte, zündete er sich eine Zigarette an. Jetzt hatte er auch sein seelisches Gleichgewicht wiedergefunden. „Sie haben also den Mord an meiner Tante aufzuklären, Herr Oberkommissar?“

„Nein, das ist Aufgabe der inzwischen gebildeten Sonderkommission. Der Mord an Ihrer Tante reiht sich vermutlich ein in die Verbrechen des Messermörders, wie er von der Presse genannt wird.“

Verdammt! Was hatte das zu bedeuten. Leberecht wurde wieder unsicher. Seine zur Schau getragene Überlegenheit bröckelte wie Putz von einer Fassade.

Er war noch in der vergangenen Nacht zwei Stunden lang auf der Polizeidienststelle vernommen worden. Anschließend war noch das Haus durchsucht worden, was bis in die Morgenstunden gedauert hatte. Was veranlasste jetzt diesen Menschen, sich um den Fall zu kümmern. Jetzt fiel ihm auch wieder ein, in der Zeitung gelesen zu haben, dass Olsen sich immer noch nur um die kleinen Fische zu kümmern hatte, und zu denen zählte sich Leberecht nun nicht gerade.

„Ich habe nur eine Frage, Herr Leberecht", sagte Jürgen Olsen, während er sich ebenfalls eine Zigarette anzündete.

„Sie haben niemanden bemerkt, als Sie die Leiche Ihrer Tante fanden?"

„Nein, das habe ich doch dem Kommissar letzte Nacht schon gesagt."

„Wo kamen Sie eigentlich um diese Zeit her? Es war doch schon reichlich spät."

„Auch das habe ich dem Kommissar erklärt, sogar mehrere Male. In der letzten Zeit habe ich viel gearbeitet und brauche immer nach der Arbeit eine Weile, um abzuschalten. Da fahre ich gerne mit dem Wagen umher oder gehe irgendwo spazieren, nehme einen Drink oder gehe ins Kino. Außerdem bin ich immer froh, wenn meine Tante schon zu Bett ist, wenn ich nach Hause komme. So nett sie auch ist, ich mag mich abends nicht mehr über banale Dinge unterhalten." Leberecht unterbrach sich und bedeckte seine Augen mit der Hand.

„Jetzt fühle ich mich natürlich schuldig“, fuhr er dann mit leiser Stimme fort. „Sie könnte noch leben, wenn ich früher nach Hause gekommen wäre! Aber da Sie mit dem Fall nicht befasst sind, geht Sie das wohl nichts an, Herr Oberkommissar Olsen.“

Leberecht fühlte, wie er wieder Oberwasser bekam.

„Da haben Sie recht“, antwortete Olsen. „Ich wollte Sie eigentlich auch nur fragen, Herr Leberecht, warum Sie immer noch nicht Ihren Wohnsitz umgemeldet haben. Sie wohnen doch nun schon seit einigen Jahren hier im Ort?“

Leberecht brachte das nicht mehr aus der Fassung. Das hatte der Spürhund also herausgefunden. „Ach, wissen Sie, das ist in gewisser Weise nur eine Nachlässigkeit von mir. Erst wusste ich nicht, ob ich überhaupt längere Zeit im Ort bleibe, ja und dann habe ich es wohl vergessen.“

„Ja, das kann sein“, entgegnete der Oberkommissar. „Es gibt eine Menge Leute, die in dieser Hinsicht ziemlich nachlässig sind. Aber es kann Ihnen auch Ärger einbringen.“

„Ja, ja, ich werde das natürlich sofort in Ordnung bringen.“

„Sie werden im Haus Ihrer Tante wohnen bleiben?“

„Ja, es gehörte nicht meiner Tante, aber die Miete ist für mich erschwinglich. Und damit Sie auch darüber gleich Bescheid wissen, Herr Oberkommissar, meine Tante hat nicht das Geringste an mich zu vererben“, fügte Leberecht süffisant hinzu.

Ein Lächeln spielte um die Mundwinkel des Oberkommissars. „Ich weiß, Herr Leberecht, ich weiß. Und entschuldigen Sie die Störung.“ Er tippte grüßend mit der Hand an seine Stirn und wandte sich ab.

Leberecht starrte ihm nach und presste die Zähne hart aufeinander.

Er beobachtete den federnden, elastischen Gang des blonden „Schweden“. Arroganter Kerl, dachte er, was der wohl von mir wollte. Wegen der vergessenen Ummeldung alleine wird er nicht gekommen sein.

Unwillig schüttelte er den Kopf und ging zurück in Richtung seines Arbeitsplatzes.

Immerhin hatte das Gespräch ein Gutes, dachte er. Eine Sonderkommission ist gebildet worden. Einerseits fühlte er sich geschmeichelt, andererseits erfüllte es ihn gleichermaßen mit Angst. Der Angst, erwischt zu werden. Das große Problem seines Lebens stand wieder wie ein Phantom hinter ihm.

Verflucht, es war doch nur ein Unglück gewesen, das alles mit Tante Doris. Nie und nimmer wäre er auf den Gedanken gekommen, seine eigene Tante zu töten.

Seine Gedanken begannen sich im Kreis zu drehen. Zu töten... Ja, er hatte getötet. Niemals bisher war es ihm so recht zu Bewusstsein gekommen.

Er war es. Er hatte sie alle getötet, die Menschen, deren Namen er erst durch die Zeitungen erfahren hatte. Er war ihr Mörder und niemals würde man ihn fassen.

Nur an Jasmin Förster mochte er nicht denken. Sie hatte er geliebt. Ein Würgen stieg in seine Kehle.
Fünf Tote! Eine irrsinnige Bilanz. Aber er empfand keine Reue. Auch nicht wegen des Mordes an Jasmin Förster. Schließlich hatte sie ihn enttäuscht.

Die Tatsache, dass eine Sonderkommission zur Aufklärung der Morde gebildet worden war, schreckte ihn aus seinem dumpfen Brüten auf. Ein kantiges, markantes Gesicht tauchte vor seinem inneren Auge auf. Ein scharfes, ihn eindringlich beobachtendes Augenpaar fixierte ihn forschend. Jürgen Olsen. Mit einer ärgerlichen Handbewegung wischte Leberecht das Bild von sich.
Die Sonderkommission macht ihm keine Angst. Olsen schon. Er hatte mit der Aufklärung der Morde nichts zu tun. Hatte aber schon begonnen, sein Leben zu durchleuchten.

Aber alles, was Olsen tat, tat er rein privat, aus purem Interesse des geborenen Polizisten.
Leberecht wischte sich den Schweiß von der Stirn. Man brauchte nur starke Nerven.
Trotzdem machte ihm der Gedanke an den Oberkommissar Sorgen. Der Mann würde alles tun, um den Mörder zu überführen. Ehrgeizig wie er wohl war, würde er wohl auch alles daran setzen, um seine alte Stellung bei der Polizei wieder einzunehmen.
Aber er würde keinen Erfolg haben. Nicht bei mir. Dachte der Mörder und betrat zum zweiten Mal an diesem Tag die Bibliothek.

*

Wenig später war Oberkommissar Olsen wieder in seinem Büro in der Polizeidirektion.
Er ging ans Fenster und blickte auf den sonnendurchfluteten Friedhof hinab. Der Sommer war zurückgekommen. Keine Wolke stand am Himmel. Dank der Regentage leuchtete das Grün der Bäume und Büsche und nahm dem alten Friedhof das Düstere.

Olsen schien es nicht zu sehen. Er grübelte immer noch über sein Zusammentreffen mit Leberecht nach. Warum interessierte ihn dieser Mann so sehr. Sicher, seine Tante war vom Messermörder ermordet worden und damit war Leberecht in den Lichtkreis der Ermittlungen getreten. Natürlich sollte ihn das nichts angehen. Aber Olsen hatte sich wieder Einsicht in die Akten verschafft, ohne sich Gewissensbisse über das Verbot durch den Polizeirat zu machen.

Immerhin hatte er mit der Verletzung der Meldepflicht durch Leberecht einen Vorwand gefunden, diesen kennen zu lernen und zu befragen.
Aus den Akten ging über Leberecht nicht viel hervor. Leberecht war in jeder Hinsicht gut beleumdet. Und der Mord an seiner Tante war ihm sichtlich nahe gegangen. Aber wen würde ein solches Ereignis nicht aus der Bahn werfen.

Trotzdem gefiel dem Oberkommissar irgendetwas nicht an Leberecht. Und es war nicht nur das fehlende Alibi für die Tatzeit des Mordes an der alten Frau Gellert.
Seufzend machte sich Olsen an die Bearbeitung seiner eigentlichen Fälle. Kleinkram, wie er es in Gedanken nannte.

Das Berichteschreiben war nicht die Stärke des Oberkommissars.
Kurz vor Dienstschluss erlöste ihn das Klingeln des Telefons.
Die Stimme des Mannes erkannte er sofort. Es war der alte Wegner, der Nachtwächter vom Tennisklub am See. „Herr Olsen“, krächzte der Alte ins Telefon „sind Sie es persönlich?“
„Ja, Herr Wegner, was gibt es denn?“
Der Alte atmete hörbar auf. „Es ist gut, dass Sie es persönlich sind, Herr Olsen. Hier ist einer, der mir nicht gefällt. Vielleicht wäre es gut, wenn Sie einmal kommen könnten. Ich möchte am Telefon nichts Näheres sagen.“ Es klickte in der Leitung. Ohne ein weiteres Wort hatte der Alte aufgelegt. Komischer Kauz, dachte Olsen. Er erwog kurz, einen Streifenwagen zum Klub am See zu schicken, um herauszubekommen, was der Alte wollte, entschied sich dann aber doch dagegen.

Er griff wieder zum Telefon.
„Schulzendorfer“, meldete sich die Stimme seines Kriminalhauptmeisters.
„Wir treffen uns unten beim Auto. Wir machen einen Ausflug.“

„Wo soll es denn hingehen?“
„Komm nur einfach runter. Ich erzähle Dir alles unterwegs.“

*

Der alte Wegner eilte ihnen auf dem Hauptweg der Anlage schon entgegen. Es schien, als ob er die ganze Zeit gewartet hatte.
Als er sah, dass der Oberkommissar nicht allein war, blieb er betreten stehen.
„Das ist Kriminalhauptmeister Schulzendorfer, meine rechte Hand“, erklärte Olsen. „Sie können also ruhig sprechen, Herr Wegner.“
Der alte Nachtwächter warf dennoch einen argwöhnischen Blick auf Schulzendorfer, trat dann dicht an Olsen heran und bedeutete ihm, sich niederzubeugen.
Dann flüsterte er ihm verschwörerisch ins Ohr: „Geräusche... drüben... im Haus.“
„Ist denn da heute geschlossen?“
„Ja, wir haben immer noch geschlossen. Es ist ein Jammer. Aber die Geräusche, sie scheinen mir aus dem Keller zu kommen.“
„Vielleicht sind es Ratten“, meinte Schulzendorfer ungerührt.
Wegener warf ihm einen vernichtenden Blick zu.

„Ratten haben wir hier nicht, Herr!“

Olsen achtete nicht auf das sich zwischen den beiden entspannende Wortgefecht und war bereits in Richtung Klubhaus unterwegs.

Als er näher kam, blieb er stehen und wartete, bis Schulzendorfer und der Alte zu ihm aufschlossen.

„Da unten im Kellerfenster war eben ein Licht, wie von einem Feuerzeug, das gleich wieder erlosch.“

Zu Wegner gewandt: „Sie haben recht. Da unten ist jemand. Vielleicht einer von Ihren Leuten?“

„Von unseren Leuten? Das kann ich mir nur schwer vorstellen.“

„Wohnt außer Ihnen noch jemand hier auf dem Gelände?“

„Nein, niemand.“

Der Oberkommissar näherte sich vorsichtig dem Haus und ließ sich die Eingangstür öffnen.

Dann passierte er die Stelle, an der Jasmin Förster ermordet worden war. Leise durchquerte er den Gastraum, riss die Tür zum Keller auf und stürmte mit der Pistole in der Hand die Kellertreppe hinunter.

Das Bild, das sich ihm hier bot, ließ ihn stehen bleiben.

Im Halbdunkel einer Nische neben aufgestapelten Paletten und Kisten leerer Flaschen sah er einen Mann und eine Frau auf einer Couch liegen.

Beide waren unbekleidet und starrten ihn mit schreckgeweiteten Augen an.

Die junge Frau ließ vor Schreck die gerade angerauchte Zigarette auf den Kellerboden fallen.

Da die Situation so offensichtlich friedfertiger Natur war, wandte sich Olsen wortlos ab und ging wieder die Treppe hinauf.
Wie erwartet folgte ihm kurz darauf der junge Mann, der noch im Gastraum damit beschäftigt war, sich vollständig zu bekleiden.
„Thomas!“, entfuhr es dem alten Wegner.
„Sie kennen den Mann?“, erkundigte sich Olsen.
„Aber ja, das ist Thomas Melcher.“
„Einer Ihrer Leute?“
„Ja, einer meiner Leute“, stieß der Alte heiser hervor. „Möchtest Du mir vielleicht erklären, was Du da unten suchst?“
„Er war mit einem Mädchen da“, sagte der Oberkommissar und wandte sich ab, um auf den Ausgang zuzugehen.

Da hörte er den Alten knurren: „So sieht das also aus! Du treibst Dich hier mit Weibern im Klubhaus rum. Du weißt genau, dass es verboten ist. Aber Dir ist ja kein Verbot heilig, elender Bursche. Sieh bloß zu, dass Du auf dem schnellsten Weg mit Deiner Dirne verschwindest. Los, junge Frau, kommen sie herauf!“
„Sie ist noch nicht ganz angezogen“, stotterte Melcher, während er sich mit zitternden Händen eine Zigarette anzündete.
„Das ist mir egal, meinetwegen kann sie halbnackt heraufkommen, aber sie verschwindet aus dem Haus.“

Als die beiden gegangen waren, standen Olsen, Schulzendorfer und der alte Nachtwächter vor dem Klubhaus und blickten hinter den beiden her.
„Es ist trotzdem gut“, sagte der Alte, „dass sie gekommen sind, Herr Olsen. Ich hatte ohnehin vor, mit Ihnen über Melcher zu sprechen.“
Schulzendorfer steckte sich einen Pfefferminzbonbon in den Mund. Immerhin rauchte er seit drei Tagen nicht mehr. Aber das verbesserte seine seitdem permanent schlechte Laune auch nicht.

Er wurde das Gefühl nicht los, dass sie hier von diesem Mann nur aufgehalten wurden.
Außerdem wusste er nicht so recht, was sie hier sollten. Schließlich war es nicht ihr Fall.
„Das ist ein ganz verdächtiger Kerl, sage ich Ihnen“, fing der Alte wieder an, „er gefällt mir schon lange nicht. Ganz abgesehen davon, dass der Lump verheiratet ist.“
„Das will ja nun nichts besagen“, unterbrach ihn Olsen. „Trotzdem war es richtig, dass Sie uns gerufen haben.“
Der Oberkommissar reichte dem Alten die Hand, die dieser sichtlich unzufrieden nahm.
Schulzendorfer begnügte sich mit einem Kopfnicken, was der alte Nachtwächter aber ignorierte.
„Das war ja nun nichts“, meinte der Kriminalhauptwachtmeister. „Reine Zeitverschwendung und außerdem nicht unser Bier.“

Olsen öffnete schon den Mund, um zu antworten, als ein lauter Schrei ihn innehalten ließ.
„Der Nachtwächter!“ Olsen lief schon los.

Schulzendorfer schüttelte verärgert den Kopf, trottete aber trotzdem langsam wieder in Richtung Klubhaus.

„Hierher, schnell“, ertönte sich überschlagend die Stimme des Nachtwächters.

Mittlerweile war Olsen wieder am Platz vor dem Klubhaus angekommen, konnte den Alten aber nirgends entdecken. „Wo sind Sie?“

„Hier, am Zaun“, kam jetzt leise und erstickt die Stimme des Wächters.

Olsen lief um das Klubhaus herum und entdeckte den alten Mann, der vornübergebeugt und würgend am Gebüsch unweit des Begrenzungszaunes der Anlage stand.

Als er Olsen sah, richtete er sich auf und zeigte mit zitternder Hand auf das Gebüsch.

Der Oberkommissar sah in das leichenblasse Gesicht des Nachtwächters und dann auf das Gebüsch. Eine Schleifspur führte hinein.

Olsen trat näher und drückte die Zweige auseinander.

Wie achtlos weggeworfen lag dort der Körper einer jungen Frau. Sie lag auf dem Rücken, die Hände wie schutzsuchend an den blutigen Leib gepresst.

Sie war tot, das sah Olsen auf den ersten Blick, vergewisserte sich dessen aber trotzdem mit einem Griff zur Halsschlagader.

Als er aus dem Gebüsch trat, war Schulzendorfer gerade herangekommen. Auf dessen fragenden

Blick zeigte der Oberkommissar nur zum Gebüsch und griff zum Handy.

*

Acht Minuten später war die Polizei an Ort und Stelle. Der Fundort der Leiche wurde gesichert. Kurz darauf trafen auch die Spezialisten der Kriminalpolizei zur Spurensicherung, der Polizeiarzt und der Leiter der Sonderermittlungsgruppe fast zeitgleich ein.

Olsen hatte den Letzteren persönlich telefonisch über den Leichenfund informiert, da ihm klar war, dass hier wieder ein Mord des Serienmörders vorlag.

Obwohl Olsen dem Kriminalhauptkommissar schon am Telefon versichert hatte, dass er rein zufällig auf die Leiche gestoßen war, schaute der ihn beim Herankommen missmutig, ja geradezu wütend an. Olsen, dem das nicht entgangen war, sagte schnell: „Ich habe nicht die Absicht, mich in Ihre Ermittlungen einzumischen. Ich war nur am Ort, weil ich vom Wächter des Clubs wegen eines möglichen Einbruchs gerufen wurde."

Der Alte stand in der Nähe und nickte beipflichtend zu Olsens Worten.

Er hatte sich wieder vom Schrecken erholt und sonnte sich sichtlich in der Aufmerksamkeit der Kriminalbeamten, die ihm zuteil wurde.

Der Polizeiarzt hatte inzwischen seine Untersuchungen beendet.

„Genaueres kann ich natürlich erst nach der Obduktion sagen“, wandte er sich an den Leiter der Sonderermittlungsgruppe. „Aber soviel ist jetzt schon klar. Die Begehungsweise ist dieselbe wie schon in den anderen Fällen. Auch bei dieser jungen Frau ist der Unterleib bis fast zum Brustbein aufgeschlitzt. Und bevor Sie fragen - der Tatort ist hier und die Tat liegt nicht länger als eine Stunde zurück.“

„Ich habe es ja gleich gesagt, dass mit ihm etwas nicht in Ordnung ist“, mischte sich der alte Wächter in das Gespräch.

„Mit wem?“ Der Hauptkommissar drehte sich erstaunt zu dem Alten um.

„Na mit Melcher.“

Olsen klärte den Oberkommissar mit wenigen Sätzen über das bisher Vorgefallene auf.

„Und sie glauben, dass dieser Melcher mit diesem Mord zu tun hat?“, wandte sich der Oberkommissar an den Alten.

„Hinter allen diesen Morden steckt der“, ereiferte sich der Wächter. „Verlassen Sie sich darauf. Der Kerl taugt nichts. Ich habe es längst gewusst. Er ist mir schon immer verdächtig gewesen und wer weiß, was er mit dem Mädchen vorhin im Keller tatsächlich vorhatte.“

Ungläubig fragte der Hauptkommissar: „Sie meinen also, dass er erst hier eine Frau umgebracht hat und dann anschließend mit einem anderen Mädchen in Ihren Keller gekrochen ist?“
„Dem traue ich alles zu. Noch ganz andere Dinge trau ich dem zu!“, keuchte der Alte erregt.
Obgleich Olsen die Ansichten des Wächters nicht teilte, gab er dem Hauptkommissar noch einige ergänzende Angaben zur Person Melchers.

Als Olsen und Schulzendorfer dann endlich wieder im Auto saßen, fing es wieder an zu regnen.
„Also doch dieser Melcher“, sagte Schulzendorfer fragend.
Olsen winkte ab: „Ich glaube das nicht. Ich habe vielmehr das Gefühl, dass der Alte Melcher grundsätzlich nicht leiden kann. Aus welchem Grund auch immer. Vielleicht ist Melcher auch scharf auf den Posten des Alten.“

Die große Überraschung gab es später auf der Dienststelle.
Melcher war inzwischen zur Fahndung ausgeschrieben. Er war weder auf seiner Arbeitsstelle noch in seiner Wohnung angetroffen worden.

*

Der Regen hatte endlich aufgehört, aber noch glänzten die Platten des Gehweges dunkel vor Nässe im Licht der Laternen und Tropfen fielen von den Blättern der Bäume.

Kriminaloberkommissar Olsen stand lauschend am Parkplatzrand des Klubhauses.

Wieder einmal hatte es ihn zum Schauplatz eines Verbrechens gezogen.

Genau wie den Verbrecher selbst, dachte er innerlich grinsend.

Dabei wusste er selber nicht genau, warum es ihn schon immer dazu trieb, noch einmal zu den jeweiligen Orten zurückzukehren. Fakt war aber, dass ihm das schon oft geholfen hatte, einen Fall zu klären oder zumindest den Anfang eines roten Fadens zu finden.

Ein Blick auf die Armbanduhr zeigte Olsen, dass es bereits nach Mitternacht war.

Der Himmel war dicht verhangen, es zeigte sich kein Stern am Himmel und auch der Vollmond war hinter dicken Wolken verborgen.

Es wird wohl bald wieder regnen, dachte Olsen und ging langsam den spärlich beleuchteten Weg um das Klubhaus herum.

Nichts regte sich in der Anlage und auch vom Nachtwächter Wegner war weit und breit nichts zu sehen. Der Alte hatte eine kleine Wohnung auf dem

Klubgelände, in die er sich wohl zurückgezogen hatte und nach den Aufregungen des Tages den Schlaf des Gerechten schlief.

Die dunkle Fensterreihe auf der Rückseite des Klubhauses schien Olsen magisch anzuziehen.
Am gleichen Fenster, an dem der Mörder Leberecht gestanden hatte, stand jetzt der Oberkommissar und schaute in den Schankraum.
Es dauerte eine Weile, ehe sich seine Augen an das Dunkel des Schankraumes gewöhnt hatten.
Was er dann sah, ließ ihn leise durch die Zähne pfeifen.
Schemenhaft sah er eine dunkle Gestalt an einem der Tische sitzen. Sie hatte den Kopf auf die Oberarme gelegt und schien zu schlafen. Neben der Gestalt standen auf dem Tisch mehrere Flaschen.

Der Oberkommissar nahm seine Taschenlampe aus der Halterung am Gürtel und klopfte mit der Maglite gegen die Scheibe. Die Gestalt am Tisch rührte sich nicht. Auch eine Wiederholung brachte keinen Erfolg.
Nachdem auch ein drittes Mal keine Reaktion erfolgte, zertrümmerte Olsen die Scheibe mit der Taschenlampe, öffnete das Fenster und stieg in den Schankraum.
Noch nicht ganz hatte er die Gestalt am Tisch erreicht, als diese plötzlich aufsprang und dem Oberkommissar entgegenhechtete.
Olsen machte nur einen kurzen Schritt zur Seite und landete einen kurzen Haken am Kinn der Ge-

stalt, die daraufhin mit einem ächzenden Laut zu Boden ging.

Mit der Taschenlampe leuchtete Olsen die liegende Gestalt ab und drehte sie auf den Rücken.

Melcher.

Olsen war nicht sonderlich erstaunt darüber. Er hievte den langsam zu sich kommenden Mann hoch und schob ihn vor sich her zum Eingang.

Melcher torkelte und wäre an der Tür sicherlich wieder gestürzt, wenn ihn der Oberkommissar nicht aufgefangen hätte. Dann aber riss er sich plötzlich los und rannte davon.

Offenbar war er doch nicht so betrunken und angeschlagen, wie es den Anschein hatte.

„Stehen bleiben!"

Mit langen Sätzen folgte der Oberkommissar ihm über den weiten Vorplatz des Klubhauses.

Fast hatte er ihn schon erreicht, da schlug Melcher einen Haken nach rechts.

Olsen stoppte kurz, folgte der neuen Richtung und wäre fast in einen Entwässerungsgraben gestürzt.

Melcher kannte natürlich das Gelände und hatte ihn mit Raffinesse in diese Richtung gelotst.

Nur mit einem gewaltigen Satz konnte Olsen das Hindernis überwinden, hatte aber dann auch schon den Fliehenden erreicht. Er riss ihn nieder und drückte ihn zu Boden.

Melcher machte noch einen verzweifelten Versuch sich zu wehren, aber ein gezielter Faustschlag gegen die Schläfe ließ ihn erschlaffen.

Keuchend richtete sich der Oberkommissar auf und schwor sich, in Zukunft wieder mehr für seine Fitness zu tun. Er schlug sich den nassen Sand von den Sachen.
Inzwischen regte sich Melcher schon wieder. Er richtete sich auf den Ellenbogen auf und stöhnte leise vor sich hin.

Dann hob er den Kopf und starrte den großen Mann, der im Dunkel vor ihm stand, entgeistert an.
„Verdammt, Sie?"
„Stehen Sie auf, Melcher"
„Was wollen Sie von mir?"
„Warum sind Sie ins Klubhaus zurückgekommen?"
„Nur so, ich hatte zu Hause nichts zu trinken und da bin ich ins Klubhaus zurück."
Melcher betastete mit schmerzverzogenem Gesicht seinen Kiefer. „Und außerdem nach dem Tag, ich könnte schon jetzt wieder einen Drink gebrauchen."

Der Oberkommissar schüttelte den Kopf. „Warum kaufen Sie sich ihre Drinks nicht selbst, sondern bedienen sich verbotenerweise im Klubhaus?"
„Warum? Weil ich kein Geld habe."
„Und weshalb haben Sie kein Geld? Sie verdienen hier doch nicht schlecht."
„So viel ist das nicht", verzog Melcher das Gesicht. „Der Alte, der verdient viel mehr."
„Ah, scharf auf seinen Posten, was?"
„Ich weiß nicht, wovon Sie sprechen, Herr Oberkommissar."
Olsen trat einen Schritt näher an Melcher heran.

„Dann will ich Ihnen sagen, wovon ich spreche, Melcher. Vor ein paar Stunden ist drüben am Zaun im Gebüsch die Leiche einer Frau gefunden worden.“
Melcher starrte ihn entgeistert an. „Eine Frau? Sarah?“
Der Oberkommissar richtet den Lichtschein seiner Lampe erneut auf das Gesicht des Tennisplatzhelfers.
Melchers Züge waren verzerrt. Er stieß hervor: „Ist sie – tot? Aber das ist doch nicht möglich, ich habe sie doch bis auf die Straße begleitet und bin dann drüben hinter den Gittern um den Tennisplatz gelaufen. Als ich sah, dass Sie sich noch länger am Klubhaus aufhielten, bin ich rüber zur anderen Straßenseite und habe in der Kneipe was getrunken. Bis ich kein Geld mehr hatte. Dann bin ich zurück ins Klubhaus.“
„Und wollen Sie mir auch sagen, wie Sie hereingekommen sind?“
„Sie haben doch gesehen, dass der Eingang offen war.“
„Richtig, als wir beide jetzt rausgingen, da war er offen. Aber als wir am Nachmittag das Gebäude verließen, hat Herr Wegner hinter uns abgeschlossen.“
Missmutig brummte Melcher: „Ja, ja, ich habe einen Schlüssel.“
„Sie haben sich also einen Nachschlüssel anfertigen lassen?“
„Ja, aber jetzt sagen Sie mir, was mit Sarah ist.“

„Sprechen Sie von dem Mädchen, mit dem Sie unten im Keller waren?"
„Ja, von wem sonst?"
„Es ist nicht die Frau, die ich in dem Gebüsch gefunden habe. So, und jetzt kommen Sie mit, Melcher. Die Polizei wartet schon auf Sie."

Melcher trat einen Schritt zurück.

„Aber Herr Oberkommissar, ich – verstehe nicht. Sie glauben doch nicht etwa, dass ich etwas mit der Sache zu tun habe."

Er streckte plötzlich den Zeigefinger aus und deutete zu den Gerätehäusern hinüber.

„Da sollten Sie sich lieber mal um den alten Wegner kümmern. Der Bursche hat es faustdick hinter den Ohren. Der steigt hier oft durch das Gebüsch. Wer sagt Ihnen, dass nicht er es gewesen ist? Der alte Lustmolch ist seit dem Mord an Jasmin Förster noch völlig aus dem Häuschen. Ich könnte mir vorstellen, dass der ganz gerne so was mal nachmachen würde. Sie sollten ihn mal sehen. wie er den Frauen beim Tennis..."

„Schluss jetzt, kommen Sie mit, Melcher", unterbrach ihn Olsen schroff.

„Ja, ja, ich komme schon. Weiß man, wer die andere Frau gewesen ist?"

Der Oberkommissar gab ihm keine Antwort.

„Ich wette, dass es der Alte war, diese elende Ratte, dieser Schnüffler; hinter jedem Weibsbild ist er her."

Melcher zeterte noch eine ganze Weile weiter, während Olsen ihn am Arm in Richtung Parkplatz mit sich zog.

Ganz weit schien jetzt jeder Verdacht von Karsten Leberecht entfernt.

Und doch war es Karsten Leberecht gewesen, der an diesem Tag wieder den Weg zum Tennisklub genommen hatte. Am helllichten Tag hatte er es gewagt, die zweiunddreißig Jahre alte Katrin Abromeit zu überfallen, in das Gebüsch zu zerren und zu töten.

Unbemerkt war ihm der Mord gelungen und unbemerkt war er entkommen. Dabei kam ihm die Tatsache zu Hilfe, dass auf dem Tennisgelände immer noch kein Spielbetrieb war.

Katrin Abromeit war auf dem Weg zu ihrem Liebhaber gewesen, als Leberecht ihr in der Nähe des Eingangs zum Tennisgelände begegnete.

Und als sie noch als Abkürzung den Weg am Zaun entlang durch das Gelände nahm, war es wie ein Rausch über ihn gekommen.

Er hatte sie angefallen und in das nahe Gebüsch geschleift. Ehe die wie gelähmt Daliegende einen Laut über die Lippen bringen konnte, hatte er ihr die Linke auf den Mund gepresst und mit der Rechten zu seinem tödlichen Schnitt ausgeholt.

Die Tote hatte schon in dem Gebüsch gelegen, als der Oberkommissar mit seinem Begleiter zum Klub hinauskam.

Der Mörder hatte seine Mittagspause gut genutzt. Sechs Tote – die makabre Bilanz des Mörders wuchs.

*

Am nächsten Morgen saß Oberkommissar Olsen trotz seines nächtlichen Ausflugs schon wieder an seinem Schreibtisch.
Kriminalobermeister Schulzendorfer lehnte am Fenster und beobachtete unbehaglich, wie sein Chef kleine Zettel mit den Namen und Daten der Mordserie hin und her schob.
„Es ergibt keinen Sinn, Schulzendorfer, ich kann keinen Zusammenhang zwischen den Opfern erkennen. Auch die Tatzeiten sind so unterschiedlich, dass sich kein Muster ergibt.
Nur eines weiß ich. Der Mörder ist immer derselbe. Er spielt mit uns. Ich denke, die Opfer sind ihm gleichgültig. Es kommt ihm nur auf das Töten an."
Das Unbehagen war in Schulzendorfer fast bis zur Unerträglichkeit gestiegen.
„Entschuldige, Chef", meinte er jetzt, „aber ich glaube..."
„Ich weiß, was Du glaubst, aber ich komme mir so hilflos vor, ich muss einfach etwas tun."

Olsen raffte die einzelnen Zettel zusammen, zerknüllte sie in der Faust und warf sie wütend auf den Schreibtisch zurück.

„Natürlich ist es Aufgabe der Sonderkommission. Aber inzwischen passiert ein Mord nach dem andern.“

Olsen hob den Kopf und sah Schulzendorfer in die Augen.

„Entschuldige, natürlich hat das nichts mit Dir zu tun. Kümmere Dich einfach um Deine übliche Arbeit.“

Der Kriminalobermeister sah die in den letzten Tagen tiefer gewordenen Falten im Gesicht und die dunklen Ringe um die Augen des Oberkommissars.

„Unsere Taschendiebe laufen uns nicht weg. Den Schreibkram kann ich auch nebenher erledigen.“

Schulzendorfer blieb im Büro.

Es war nicht leicht, eine Spur des Mörders zu finden. Der Mann arbeitete mit einer traumhaften Raffinesse und einer tödlichen Sicherheit und hatte zudem eine gehörige Portion Glück.

Nirgends hatte er auch nur die kleinste Handhabe hinterlassen, die auf ihn hätte weisen können.

Zwar waren mehrfach Schuhspuren gefunden worden, aber sie waren überall undeutlich, so verschwommen oder vom Regen verwischt, dass sie keinen brauchbaren Hinweis mehr boten.

Die Fingerabdrücke, die man genommen hatte, halfen auch nicht weiter, da sie teils verwischt und außerdem in keiner Kartei der Welt verzeichnet waren.

Zeugen gab es bislang ebenfalls nicht.

Der Oberkommissar befürchtete zudem, dass das Beispiel des „Schlächters“, wie er mittlerweile in der Boulevardpresse genannt wurde, Schule machen könnte.

Denn Gräueltaten dieser Art fanden leider Gottes immer wieder Nachahmer. Zu oft hatte sich das schon erwiesen.

Es wurde daher höchste Zeit, dass dem Mörder das blutige Handwerk gelegt wurde.

Außerdem bestand durch eventuelle Nachahmer die Gefahr, dass sich die Spur des Mörders weiter verwischen würde.

*

Immer wieder trieb es den Mörder in den schwülwarmen Nächten hinaus. Jetzt, wo er niemandem mehr Rechenschaft ablegen musste, niemand ihn mehr zu Hause erwartete, gab es für ihn keine Zwänge mehr.

Der letzte Mord war erst wenige Tage her, als Leberecht wie schon so oft seinen Wagen am Straßenrand parkte, um die Umgebung und die Menschen zu beobachten. Diesmal hatte er seinen

Standort in der Nähe der Überführung zum Bahnhof gewählt.

Dem Haupteingang zum Bahnhof abgewandt, war diese kleine Straße abgelegen und schlecht beleuchtet.

Hier war es, wo er die erst neunzehnjährige Sandra Neumann sah. Sie erinnerte ihn mit ihrer Figur an Jasmin Förster.

Leberecht hatte in seinem Wagen gesessen und die Straße beobachtet. Da vor und hinter ihm auch Autos standen, in denen sich aber niemand befand, wie er sich überzeugt hatte, fiel er hier mit seinem Wagen nicht auf.

Übrigens hatte er den Wagen nach dem Mord an Jasmin Förster einer so gründlichen Reinigung unterzogen, dass selbst die Spezialisten der Polizei Schwierigkeiten hätten, irgendwelche Spuren zu finden.

Es war zu diesem Zeitpunkt geradezu schon ein Wunder, dass vom Mörder nicht die geringste Spur zu finden war. Es konnte einem Mann vielleicht bei einem einzelnen Mord, den er mit sehr viel Vorbedacht geplant hatte, gelingen, sämtliche Fährten zu verwischen, aber selbst das war schon sehr schwierig.

Wie es aber einem Mörder möglich sein konnte, sieben Menschen umzubringen, ohne dabei die geringste greifbare Spur zu hinterlassen, war unfassbar.

Leberecht selbst nahm das aber als selbstverständlich und hielt sich jetzt für unangreifbar.

Das Teuflische dabei war, dass Leberecht sich nicht einmal sonderlich Mühe gegeben hatte, alle Spuren zu beseitigen.
Jedenfalls am Anfang nicht. Später hatte er dann mit der Säuberung des Kofferraumes und des Kellers seiner Tante schon gründlichere Arbeit geleistet.

Sandra Neumann kam mit ihrem Fahrrad die Straße heruntergefahren. Sie fuhr langsam und unsicher, weil sie an beiden Seiten des Lenkers große Taschen hängen hatte, die prall gefüllt schienen.
Sie liebte es nicht sehr, durch diese abgelegenen Gegenden und Straßen zu fahren, zudem noch in der Wendigkeit behindert durch die schweren Taschen.
Aber sie konnte dadurch ein ganzes Stück des Weges abschneiden. Da nahm sie es in Kauf, dass hier nur selten eine Laterne ihr Licht auf die Fahrbahn warf.

Sie war auf dem Weg zur Geburtstagsparty ihrer Freundin, die heute ihren 20. Geburtstag feierte.
Sandra Neumann sollte ihr Ziel nicht erreichen. Die Party würde ohne sie und ohne die Getränke in den Taschen an ihrem Fahrrad stattfinden.
Kaum hatte sie den Wagen des lauernden Mörders passiert, als der Mann auch schon heraussprang, ihr mir drei schnellen Schritten folgte und sie zu Boden riss.
Wie ein Raubtier sprang Leberecht sie an und stürzte gemeinsam mit dem Mädchen. Scheppernd

zerbrachen Flaschen in den Beuteln und der durchdringende Geruch nach Alkohol breitete sich aus.

Sandra Neumann schlug hart auf der Erde auf, konnte sich aber unter dem halb auf ihr liegenden Mann herauswinden. Als sie das Messer in der Hand des Mörders blitzen sah, sprang sie auf und schlug instinktiv mit der kleinen Handtasche, die sie um das Handgelenk trug, nach dem Mann. Die Handtasche war aus hartem Leder mit Messingbeschlägen an den Ecken und traf Leberecht seitlich am Kopf.

Überrascht blieb er liegen und schüttelte etwas benommen den Kopf. Sprang dann aber auf und griff nach der zurückweichend strauchelnden jungen Frau. Noch einmal traf ihn die Handtasche am Kopf, aber jetzt war Leberecht auf den Beinen.

Er griff nach der Frau und sein Messer zog eine blutige Spur über ihr dünnes, helles Kleid.

Ein gellender Schrei tönte durch die Nacht, aber Sandra Neumann verteidigte ihr Leben mit der Kraft der Verzweiflung.

Mit beiden Händen schob sie mit aller Kraft den Mann von sich, konnte sich aus seinem Griff lösen und zu ihrem Fahrrad springen. Von den Blicken des verdutzten Mörders verfolgt, gelang es ihr aufzusteigen und davonzufahren.

Leberecht starrte hinter ihr her, rannte dann zu seinem Wagen, sprang hinein, und anstatt ihr zu folgen, wendete er und jagte mit quietschenden Reifen davon.

Sandra Neumann fuhr, von einer Straßenseite bis zur anderen schwankend, mit ihrem Rad noch um die nächste Ecke, wo sie vor einer Pizzeria vom Rad stürzte. Torkelnd stand sie wieder auf und strauchelte blutverschmiert in den Gastraum.
Entsetzt schrien einige der am Eingang sitzenden Gäste auf. Die meisten saßen wie erstarrt.
Ein Mann fing die junge Frau auf und trug sie in einen Nebenraum der Pizzeria, während die Inhaberin schon nach einem Notarzt telefonierte. Dieser traf fast zeitgleich mit der Polizei ein.
Nach der Notbehandlung wurde Sandra Neumann in das nächstgelegene Krankenhaus eingeliefert.

*

Oberkommissar Olsen erreichte die Nachricht über den neuerlichen Überfall des Mörders bei seiner routinemäßigen Abfrage der polizeilichen Lage am nächsten Morgen.

Er erfuhr, dass das Opfer noch lebte, aber auf Grund der Schwere der Verletzungen noch nicht befragt werden konnte.
Jetzt hielt es ihn nicht mehr in seinem Büro. Ohne lange zu überlegen und ohne sich abzumelden, ver-

ließ er seine Dienststelle, sprang in seinen Wagen und fuhr zum Krankenhaus.
Mit seinem Dienstausweis verschaffte er sich Zutritt und erfuhr vom behandelnden Arzt, dass Sandra Neumann jetzt zwar bei Bewusstsein sei, dass es aber keine Hoffnung auf ein Überleben gebe. Er bekam die Erlaubnis, ihr Zimmer zu betreten.

Das Opfer sah verloren und klein in dem großen Krankenhausbett aus. Ihr Gesicht war eingefallen und wächsern.
Als Olsen sie ansprach, drehte Sandra Neumann den Kopf und sah ihn mit glasigen Augen an.
Sie hatte keine Schmerzen mehr. Der Arzt hatte sie ihr genommen. Aber sie hatte auch keine Chance mehr. Sie lag im Sterben.
Olsen trat an das Lager heran, kniete sich neben ihr auf den Boden und fragte mit leiser Stimme: „Kannten Sie den Mann?“
Das Mädchen schüttelte den Kopf.
„War es ein junger Mann?“
Sie versuchte verzweifelt, die Schultern hochzuziehen.

Der Arzt trat aus dem Hintergrund heran.
„Es hat doch keinen Zweck, Herr Oberkommissar.“
Olsen traten winzige Schweißperlen auf die Stirn. Verzweifelt dachte er nach.
Diese Frau war der einzige lebende Zeuge, der mit dem gefährlichen Verbrecher zusammengekommen war. Mit einem Mann, der seit Tagen Mord um Mord begangen hatte.

Der wie ein Raubtier durch die Straßen der Stadt schlich und sich vielleicht zur selben Stunde ein neues Opfer suchte.
Olsen sah, dass die Frau dem Sterben näher als dem Leben war. Er wollte sich aufrichten und seine Fragen einstellen, aber war er nicht verpflichtet, alles zu tun, um die anderen Menschen vor dem Mörder zu schützen?
„Haben Sie Schmerzen?“
Die junge Frau schüttelte leicht den Kopf.
„Dann bleiben Sie nur ruhig. Sie werden es schon überstehen. Es ist nicht so schlimm, sagte mir der Arzt. Vielleicht können Sie uns doch ein wenig helfen. Antworten Sie einfach mit einer Kopfbewegung auf meine Fragen. War es ein kleiner Mann?“
Sie schüttelte den Kopf.
„Ein großer?“
Wieder schüttelte sie den Kopf.
„Also ein mittelgroßer Mann. Konnten Sie erkennen, ob er blondes oder dunkles Haar hatte?“
Kopfschütteln.
„Kam er mit einem Wagen?“

Das Mädchen nickte.
„Er sprang Sie aus einem Wagen an?“
Wieder nickte Sandra Neumann.
„Den Typ des Wagens, konnten Sie ihn erkennen?“
Wieder schüttelte sie den Kopf.

Der Arzt, der hinter dem Oberkommissar stand, krampfte die Hände zusammen. Er wusste ja, um was es ging. Er wusste, warum der Mann diese Frau mit seinen Fragen quälte.

Als Olsen seine nächste Frage aussprechen wollte, ging ein Zucken durch den dünnen Frauenkörper. Rasch schob sich der Arzt an ihm vorbei und beugte sich über die Frau.

Es dauerte nur noch Sekunden. Sandra Neumann hatte ausgelitten.

Der Mörder hatte sich sein siebentes Opfer geholt.

„Was, zum Teufel, treiben Sie hier?“

Mit diesen lauten Worten trat Hauptkommissar Lenz, der Leiter der Sonderkommission, wütend ins Krankenzimmer.

„Wir waren uns doch einig...“

Mit einer Handbewegung unterbrach ihn Olsen und wies auf das Krankenbett. Mit einem großen Schritt stand Lenz am Bett. „Mist“, entfuhr es ihm.

Er drehte sich zu Olsen um. „Konnten Sie noch...?“

Olsen schüttelte den Kopf. „Nichts weiter als ein mittelgroßer Mann mit Auto. Aber es gibt noch eine Chance, eine winzige zwar, aber eine Chance.“

Interessiert hörte Lenz zu. „Sie wissen, Olsen, dass ich persönlich nichts gegen Sie habe. Ich hätte auch nichts gegen eine Zusammenarbeit, aber...“

„Nun hören Sie mir erst einmal zu. Wir können zusammenarbeiten, auch ohne dass es an die große Glocke kommt. Mir liegt nichts an der Anerkennung, ich will den Mörder.“

„Gut, Olsen“, Lenz wirkte erleichtert. „Was für eine Chance haben wir?“

„Wir müssen so tun, als ob Sandra Neumann überlebt hat. So könnten wir den Mörder anlocken.“

„Um Himmels willen“, stöhnte der Arzt auf. „Das ist doch nicht Ihr Ernst?“
„Doch, es ist mein Ernst“, bestätigte der Oberkommissar und nickte bestätigend.
„Es ist die einzige Chance und die Tote muss uns dazu verhelfen.“
„Und wie lange werden Sie diese Lüge aufrechterhalten können?“, versuchte der Arzt einzuwenden.
„Solange es nötig ist, Doktor.“
„Das werden die Eltern des Mädchens kaum mitmachen.“
„Ich muss es darauf ankommen lassen.“

*

Die Adresse des Mädchens war rasch ermittelt.
Sie hatte in ihrer Handtasche einen Ausweis gehabt und Oberkommissar Olsen stand eine halbe Stunde später vor der Haustür ihrer Eltern.

Olsen drückte den Klingelknopf und hörte einen schlurfenden Schritt im Flur. Gleich darauf stand ein Mann in den Fünfzigern mit angegrautem Haarkranz vor ihm.
Seine füllige Gestalt war von einem schlottrigen Trainingsanzug umhüllt, dessen offene Jacke ein angegrautes, ehemals weißes Unterhemd zeigte.

„Was ist los?“ Seine unwirsche Stimme war unverkennbar alkoholgeschwängert.
Angewidert trat Olsen einen kleinen Schritt zurück. „Es handelt sich um Ihre Tochter.“
Hinter der massigen Gestalt des Mannes im Türrahmen wurde eine kleine Frau sichtbar. Obwohl der Oberkommissar leise gesprochen hatte, musste sie seine Worte gehört haben.
Leichenblass stützte sie sich an der Wand des Flures ab.
„Sandra, was ist mit ihr?“
Olsen schob den nur widerstrebend Platz machenden Mann in den Flur und schloss die Tür hinter sich.

Er wandte sich an die Frau, die ihn mit schreckgeweiteten Augen wie gebannt anstarrte.
„Ich muss ihnen leider mitteilen, Frau Neumann, dass Ihre Tochter einen Unfall hatte.“
„Einen Unfall! Um Himmels willen!“
Die Frau trat nahe an den Oberkommissar heran. „Sagen Sie mir die Wahrheit! Ist sie tot, Sandra ist tot. Ist sie überfahren worden?“ Hektisch sprudelten die Worte aus dem Mund der Frau.
„Halt die Klappe!“ Rüde unterbrach ihr Mann ihren Redeschwall. „Natürlich ist sie nicht überfahren worden. Dann wäre nicht die Kripo gekommen, sondern die normalen Bullen.“
Olsen seufzte innerlich. Natürlich hatte der Mann Recht. Aber sein Auftreten war nicht gerade hilfreich. Olsen gab sich einen Ruck und schilderte den

Eheleuten, was ihrer Tochter passiert war, ohne auf die schrecklichen Einzelheiten einzugehen.
Erstaunlicherweise war es der große kräftige Mann, der jetzt zusammenbrach, als er vom Tod seiner Tochter erfuhr. Mit ihm war kein Wort mehr zu reden. Er saß mit einer Flasche Wodka in einem Sessel zusammengesunken, stierte vor sich hin und trank seinen Wodka direkt aus der Flasche.

Die kleine Frau hielt sich tapfer und klammerte sich wohl an die naheliegenden pragmatischen Dinge. Sie wollte sofort ins Krankenhaus, um ihre Tochter zu sehen, und dann alles mit einem Beerdigungsinstitut regeln.
Olsen fand es an der Zeit, jetzt über seinen Plan zu reden.
„Es wird Ihnen schwer fallen, Frau Neumann, aber ich bitte Sie, mir die Erlaubnis zu geben, den Tod Ihrer Tochter noch geheim zu halten. Nur so haben wir eine kleine Chance, den Täter zu fassen."
Lange brauchte er nicht zu reden. Die kleine, jetzt resolut wirkende Frau warf ihrem Mann einen verächtlichen Blick zu.

Dann straffte sie sich. „Vielleicht haben Sie Recht. Ich hoffe, Sie stellen diesen Unmenschen bald, bevor er noch mehr Menschen umbringt und Mütter in Verzweiflung stürzt."

*

Der Oberkommissar gab schon von seinem Wagen aus per Funk die Nachricht über die Einverständniserklärung weiter. Noch am selben Tag ging die Meldung an die Presse.

Am nächsten Morgen rauschte es im Blätterwald der Zeitungen:

Erster Fehler des Messermörders
Messermörder bald gestellt?
Die Polizei teilt mit, dass das letzte Opfer des Messermörders, Sandra N,. den Angriff überlebt hat und im Krankenhaus Nord liegt.
Sie schwebt nicht mehr in Lebensgefahr.
Sandra N. ist damit die erste und einzige Zeugin, die den Messermörder gesehen hat und ihn nach eigenen Angaben auch wiedererkennen kann.

Oberkommissar Olsen hatte seine Falle gestellt. Jetzt kam es darauf an, ob der Messermörder in diese Falle ging.

Inzwischen wurde das Krankenhaus gut bewacht. Olsen und Kriminalobermeister Schulzendorfer, die jetzt offiziell zur Sonderkommission gehörten, verbrachten den Tag im Büro und arbeiteten ihre liegengebliebenen Fälle auf. Doch immer wieder schweiften ihre Gedanken und Gespräche zu dem noch unbekannten Messermörder.

Endlich wurde es Abend. Oberkommissar Olsen war sich sicher: Wenn der Messermörder käme, um seine Tat zu vollenden, dann nachts.

Das lange Warten dauerte bis zum nächsten Morgen. Aber der Mann, auf den sie warteten, kam nicht. „Vielleicht liest er keine Zeitungen“, mutmaßte Schulzendorfer missmutig. Er war kein Nachtmensch und in der Nacht immer wieder auf dem harten Krankenhausstuhl eingeschlafen.

Olsen schien die durchwachte Nacht nichts auszumachen. Aber die Zeit brannte ihm auf den Nägeln. Lange konnte er die Falle nicht mehr aufrechterhalten.

Der Chefarzt hatte nochmals sein Missfallen deutlich zu verstehen gegeben und wollte sein Haus nicht länger als höchstens zwei Nächte zur Verfügung stellen.

„Gehen wir schlafen“, sagte Olsen zu seinem Kriminalobermeister.

„Wir werden die Falle heute Nacht wieder aufstellen.“

Draußen war es bereits hell geworden und auch die Sonne brannte schon vom Himmel, als die beiden Partner das Krankenhaus verließen und sich auf den Heimweg machten.

Die zur Bewachung abgestellten Polizisten wurden durch andere abgelöst.

Der Tag verging, ohne dass etwas passierte.

Wieder brach die Dunkelheit über die Stadt herein und Oberkommissar Olsen und sein Kriminalobermeister hatten ihre Plätze in dem leeren Krankenzimmer eingenommen.
Links und rechts der Tür saßen sie auf den harten Stühlen.
Kriminalobermeister Schulzendorfer sah jetzt schon sehnsüchtig zu dem in der entferntesten Ecke stehenden Krankenbett hinüber.
Das Bett war gemacht und die Kissen und Decken so angeordnet, dass es in der Dunkelheit auf den ersten Blick als belegt durchgehen konnte.

Unten am Empfang in der Eingangshalle saß eine ältere erfahrene Polizistin in Zivilkleidung.
Sie hatte die Aufgabe, eine eventuell nachfragende Person zu dem bewussten Krankenzimmer zu weisen.
Die anderen zur Nachtwache eingeteilten Polizisten waren, unter dem Befehl des Leiters der Sonderkommission, in den umliegenden Räumlichkeiten versteckt und würden erst im Bedarfsfall auf ein Funksignal hin zum Einsatz kommen und das Krankenhaus abriegeln.
Weitere saßen versteckt in zivilen Fahrzeugen auf dem Parkplatz des Krankenhauses.
Und wieder begann das große Warten.

*

Zur selben Stunde räkelte sich der Messermörder Karsten Leberecht im Lehnsessel, der noch vor einigen Tagen der Stammplatz seiner von ihm ermordeten Tante war.
Wie selbstverständlich hatte er davon Besitz ergriffen.

Überhaupt war in den letzten Tagen eine Veränderung in ihm vorgegangen. Hatte er bei den ersten Morden immer noch ein dumpfes Gefühl von Schuld empfunden und zeitweise ein schlechtes Gewissen mit sich herumgetragen, so hatte sich das jetzt geändert.
Es waren die brutalen Taten selbst, die ihn geändert hatten. Mit jedem neuen Mord stieg seine Hochstimmung. Ein hochmütiger, zynischer Zug war in sein Gesicht getreten und seine Augen hatten einen kalten Glanz bekommen.
Die Morde hatten aus Karsten Leberecht einen anderen Menschen geformt. Er war zu einem reißenden Wolf in Menschengestalt geworden, der im Blutrausch nicht mehr im Töten innehalten kann.
Zusätzliches Vergnügen bereitete es ihm sich vorzustellen, wie die Polizei fieberhaft, doch ohne Erfolg nach ihm fahndete.
Leberecht griff stillvergnügt nach dem Glas Wein und lauschte schläfrig den leisen Tönen, die aus dem Radio seiner Tante kamen.

Plötzlich wurde die Musik unterbrochen und die monotone Stimme eines Ansagers drang an das Ohr des Mörders:

....wurde die vom sogenannten Messermörder angefallene Sandra N. aufgefunden und verletzt in das Nordkrankenhaus gebracht. Wie verlautet wurde, ist sie außer Lebensgefahr....

Leberecht setzte sich ruckartig auf. Der Rotwein schwappte aus dem Glas über seine Hose, aber er bemerkte es nicht einmal.

Verdammt, dachte er. Das Erlebnis mit der kleinen Wildkatze hatte er schon völlig aus seinem Gedächtnis gestrichen. Er zählte es nicht als Misserfolg, sondern hatte angenommen, dass das Mädchen nach seinem Messerangriff irgendwo verblutend liegengeblieben war. Immerhin hatte er das viele Blut gesehen.

Da er in den letzten Tagen nicht zur Arbeit gegangen war - er hatte sich in der Bibliothek als krank gemeldet -, hatte er auch keine Zeitungen gelesen.

Er war auch kein großer Freund vom Fernsehen. Gut, dass ich wenigstens das Radio anhatte, dachte er. Das, was er da erfahren hatte, war ungeheuer wichtig für ihn. Aufgeregt ging er im Zimmer auf und ab.

Dann fasste er einen Entschluss und verließ mit schnellen Schritten das Haus.

Als er hinter dem Steuer seines Wagens saß, war wieder eisige Ruhe in ihm eingekehrt. Langsam ließ er den Wagen in nördlicher Richtung rollen.
Leberecht kannte das Krankenhaus Nord nur vom Hörensagen und war auch noch nie in dieser Gegend gewesen.
Deshalb fuhr er langsam die Straßen des Nordbezirks ab, bis er ein Hinweisschild zum Krankenhaus sah.

Dort drüben das Gebäude mit dem Parkplatz, das musste es sein.
Leberecht fuhr erst einmal an dem unbeleuchteten Parkplatz des Krankenhauses vorbei und wendete am Ende der Straße. Langsam fuhr er auf den Parkplatz, auf dem nur vereinzelt Autos standen. Autos der diensthabenden Ärzte und Schwestern, wie er dachte.
Leberecht blieb mit seinem Wagen gleich hinter der Einfahrt stehen, machte den Motor aus und beobachtete das Krankenhaus. Alles war still und dunkel, nur aus dem Empfangsbereich drang gelbliches diffuses Licht. Undeutlich konnte Leberecht eine Gestalt hinter dem Schalter ausmachen.

Bevor er ausstieg, warf er noch einen prüfenden Blick über den Parkplatz.
Dort, was war das? In einem der ganz hinten stehenden Autos leuchtete kurz und gedämpft das rote Glühen einer in der hohlen Hand versteckten Zigarette auf und ließ die Silhouette eines im Wagen sitzenden Mannes sehen.

Leberecht, die linke Hand schon am Türöffner, erstarrte. Eine Falle, dachte er, eine gottverdammte Falle und ich bin hineingetappt.
Er ließ den Motor an und begann seinen Wagen zu wenden.
In dem Moment erstrahlten die Scheinwerfer der Wagen vor ihm auf und blendeten ihn.
Hinter ihm schob sich die Kühlerhaube eines großen Wagens vor die Einfahrt.

Leberecht wollte aussteigen, fliehen. Nur weg von hier, dachte er.
Da trat schon links ein Mann an den Wagen heran und leuchtete mit einer Taschenlampe herein.
Die Wagentür wurde geöffnet. „Polizei, würden Sie sich bitte ausweisen!"
„Ausweisen?", stotterte Leberecht.

Aber dann hatte er sich wieder gefangen. Die Idee, die ihm durch den Kopf schoss, war eine Verzweiflungstat, aber ihm erschien die Flucht nach vorne als die einzige Möglichkeit.
„Was heißt hier ausweisen, Mann. Ich suche Oberkommissar Olsen, und da ich annehme, dass Sie zu seinen Leuten gehören, möchte ich Sie bitten, mich unverzüglich zu ihm zu führen."
Hauptkommissar Lenz sah den Mann verblüfft an.
Er hatte ihn augenblicklich erkannt. Schließlich hatte Lenz als Leiter der Sonderkommission „Messermörder" schon mit Karsten Leberecht zu tun gehabt.

Allerdings gehörte Leberecht bis zu dieser Stunde nur zum Kreis derjenigen, die mit den Morden irgendwie in Berührung gekommen waren.
Und jetzt tauchte er hier plötzlich auf. Genau vor dem Krankenhaus, in dem Oberkommissar Olsen die Falle für den Messermörder gestellt hatte.
„Ich bringe Sie zum Oberkommissar Olsen“, sagte er und wartete, bis Leberecht ausgestiegen war.

Als sie auf den Eingang des Krankenhauses zugingen, bemerkte Leberecht, dass ihnen noch zwei Männer folgten. Und in der jetzt hell erleuchteten Empfangshalle des Krankenhauses sah er eine weitere Person stehen.
Leberecht schluckte. Ganz wohl war ihm nicht bei seinem großen Bluff.
Mehr und mehr hatte er das Gefühl, sich zu weit vorgewagt zu haben. Automatisch wurden seine Schritte immer langsamer.

Hauptkommissar Lenz war ihm schon ein paar Schritte voraus, drehte sich um und sagte: „Kommen Sie, wir sind gleich da.“ Er hielt ihm die Tür auf und ließ Leberecht vorangehen.
Leberecht sah sofort, dass der Mann, der mitten im Raum stand, Oberkommissar Olsen war.
Lenz trat an Olsen heran und sagte: „ Herr Leberecht ist da. Wir haben ihn auf dem Parkplatz aufgegriffen. Er verhielt sich merkwürdig und ...“
„Moment mal, das stimmt nicht“, wurde er von Leberecht unterbrochen.
„Ich wurde nicht aufgegriffen, sondern wollte zu Ihnen, Herr Oberkommissar. Ich stand nur so lange

auf dem Parkplatz, weil ich nicht genau wusste, wo ich Sie finden würde. Außerdem habe ich dem Hauptkommissar sofort gesagt, dass ich zu Ihnen möchte."

Olsen sah den Hauptkommissar fragend an.

Der zuckte mit den Schultern. „Herr Leberecht erklärte, dass er zu Ihnen geführt werden wollte."

„Und zwar unverzüglich", warf Leberecht ein.

Es war einen Moment still in der Halle.

Olsen blickte in Leberechts aufgeregtes Gesicht. Dann nickte er und wies mit der Hand auf die Sessel einer Besucherecke.

„Bitte nehmen Sie Platz."

Leberecht blieb stehen.

„Herr Oberkommissar", sagte er, „ich bin hergekommen, weil ich es einfach nicht mehr ausgehalten habe, als ich erfuhr, dass der Mörder meiner Tante noch auf freiem Fuß ist. Und dann habe ich mir gesagt, dass es ein Fehler sein muss, im Radio bekanntzugeben, dass die Frau hier noch lebt. So etwas birgt doch die Gefahr in sich, den Mörder anzulocken. Ich bin hergekommen, weil ich auf den Mann warten wollte, weil ich dem Mörder meiner Tante gegenübertreten will." Leberecht sprach immer lauter und aufgeregter. „Ich wollte ihn zur Rechenschaft ziehen!"

*

Die Falle war zugeschnappt, aber alles, was sich darin fand, war heiße Luft.
Der Trick, mit dem sich Leberecht herausgewunden hatte, war einfach und wirkungsvoll gewesen.
Als der Oberkommissar später mit Kriminalobermeister Schulzendorfer auf dem Heimweg war, meinte dieser: „Und was jetzt?"
Olsen schwieg und blickte mit düsterem Blick auf die Straße.

Die Schlagzeilen des nächsten Tages, verfasst vom Polizeireporter Gunter Großmann, trieften vor Sarkasmus:

Wieder ein Reinfall der Polizei
Trick des Oberkommissars ging daneben.
Keine Maus in seiner Falle.
Nur ein armer Teufel, der den Mörder seiner Tante stellen wollte.
Ist das die berühmte Arbeitsweise des Herrn Olsen?

Den ganzen Tag verbrachte Oberkommissar Olsen hinter seinem Schreibtisch. Er ließ niemanden zu sich und ging auch nicht an das Telefon.
Kriminalobermeister Schulzendorfer begann sich schon Sorgen um seinen Chef zu machen, als dieser in sein Büro gestürmt kam.

„Ich fahre jetzt los und nehme ihn fest.“
„Wen?“, fragte Schulzendorfer erstaunt.
„Karsten Leberecht“, antwortete Olsen und machte auf dem Absatz kehrt, noch ehe der Kriminalobermeister reagieren konnte.

Hart fiel die Tür hinter ihm ins Schloss.
Schulzendorfer stand eine Weile reglos da und starrte die Tür an. Wenn das man gut geht, dachte er.
Oberkommissar Olsen fuhr allein, um seinen Mörder festzunehmen. Unterwegs hörte er gewohnheitsgemäß den Polizeifunk ab.

........In den Außenanlagen des Industriegeländes wurde soeben eine Frau mit erheblichen Schnittverletzungen aufgefunden. Sie verstarb noch am Fundort. Alle Streifenwagen....

Olsen fuhr mit versteinertem Gesicht weiter in Richtung Lindenstraße.
Das Haus war unbeleuchtet. Sein Mann war nicht daheim.
Unschlüssig saß der Oberkommissar eine Zeitlang in seinem Wagen. Dann ließ er den Motor an und fuhr die kurze Strecke zum Klubhaus am See.
Als er den Park durchquert hatte und das Restaurant betrat, sah er den Gesuchten an einem der Tische sitzen und mit dem Nachtwächter Wegner Karten spielen.

Olsen blieb an der Tür stehen.

Leberecht erhob sich sofort. „Herr Oberkommissar!“, entfuhr es ihm. Dann schluckte er und deutete mit den Daumen auf den Nachtwächter. „Das ist Herr Wegner.“
„Ich kenne ihn“, versetzte Olsen und nickte. „Hallo, Herr Wegner“.
Es war einen Augenblick still am Tisch.

Die neue Bedienung drüben an der Bar, eine hochgewachsene Brünette, blickte zu den drei Männern hinüber.
„Na, bei der ersten Runde?“, formulierte Olsen seine Erkundigung nicht ungeschickt.
„O nein“, entgegnete Wegner, „wir hocken schon seit zwei Stunden hier. Er hat mir beim Black Jack schon einige Euros abgeluchst. Allerdings habe ich auch zweimal gewonnen.“
Er lachte und strich sich mit einer müden Bewegung über die Stirn. „Jetzt muss ich aber aufhören, mein Dienst beginnt gleich. Wollen Sie nicht für mich einspringen?“

Also seit zwei Stunden saßen die Männer schon hier. Die Frau im Industriegelände war erst vor einer Viertelstunde gefunden worden, und wie Olsen inzwischen durch Rückfrage erfahren hatte, konnte der Überfall kaum mehr als eine Stunde her sein.
Leberecht kam also dafür nicht in Frage.
Er nahm auf dem angebotenen Stuhl Platz.
Wegner verabschiedete sich und machte sich auf seinen ersten Rundgang.

„Wie ist es nun mit einem Spielchen, Herr Oberkommissar? Sie sind doch nicht mehr im Dienst, oder?“
Lauernd schaute Leberecht den Oberkommissar an. Olsen nickte. Interesselos nahm er an dem Spiel teil, gewann und verlor mit wechselndem Glück.

Als er sich eine Stunde später erhob, stand auch Leberecht auf.
„Ich komme mit.“
Langsam schlenderten die beiden nebeneinander über den breiten Parkweg dem Ausgang zu.
Draußen auf dem Parkplatz standen sie noch eine Weile zusammen und unterhielten sich. Das heißt, im Grunde war es Leberecht, der sprach.
„Es ist furchtbar. Ich kann es nicht vergessen. Nicht den Mord an der kleinen Jasmin hier und nicht das grässliche Verbrechen an meiner Tante. Manchmal denke ich, ich könnte es niemals überwinden.“
„Wir müssen alles überwinden, dazu sind wir auf dieser Welt“, entgegnete der Oberkommissar ruhig. „Wenn wir es einmal nicht mehr können, ist ohnehin alles zu Ende.“
„Ja, das ist es wohl“, setzte Leberecht leise hinzu.
Olsen nickte Leberecht verabschiedend zu und stieg in sein Auto.

Gedankenvoll schaute der Mörder seinem Jäger nach, bevor er ebenfalls vom Parkplatz fuhr.
Unterwegs hörte Leberecht selbst vom Mord an der Frau im Industriegebiet. Aufgeregt hörte er sich den Bericht an, um dann nur verächtlich das Ge-

sicht zu verziehen. „Elender Stümper“, zischte er zwischen den Zähnen hervor.

*

Am Abend des übernächsten Tages verließ Oberkommissar Olsen das Polizeigebäude.

Als er auf dem Parkplatz stand, reckte er die vom langen Sitzen steifgewordenen Glieder und beschloss, wie schon manches Mal, noch einen Spaziergang zu machen.

Langsam schlenderte er die Straße entlang. Kurz hinter der nächsten Ecke verhielt er plötzlich im Schritt. Nur wenige Meter von ihm entfernt lehnte ein Mann am niedrigen Zaun des Friedhofes und starrte zu den düsteren Grabsteinen hinüber.

Olsen blieb fasziniert stehen und sah den Mann an.

Dieser hatte die Unterarme auf den Zaun gestützt, die Hände zusammengekrampft und starrte reglos zu den Gräbern hinüber.

Es war Karsten Leberecht.

Der Oberinspektor verharrte minutenlang auf der Stelle und beobachtete den Mann am Friedhofszaun. Dann, als der sich endlich abwandte, ging Olsen auf ihn zu.

Leberecht musste ihn gesehen habe. Er hob den Kopf und nahm die rechte Hand in Schulterhöhe.

„Hallo Herr Oberkommissar“, sagte er mit gedämpfter Stimme. Dieser hatte ihn jetzt erreicht.
„Guten Abend“, erwiderte er den Gruß. „Na, noch etwas Luft geschnappt?“
Leberecht schüttelte den Kopf.

„Nein, ich habe keine Luft geschnappt, Herr Oberkommissar. Ich bin hier, weil da drüben zwischen den schwarzen Grabsteinen irgendwo eine Grube ist, in der ein Mensch liegt, der mir sehr nahe stand. Und weil ich es ganz einfach nicht verwinden kann..., verstehen Sie?“

Olsen schwieg. Erst nach einer Weile sagte er: „Es tut mir leid, Herr Leberecht. Sie sollten mal eine Weile ausspannen.“
„Ausspannen?“, kam es schrill von den Lippen des Mörders. „Wie haben Sie sich das gedacht? Denken Sie, ich kann es mir leisten, einfach ein paar Tage nicht zu arbeiten? Man würde mich hinauswerfen.“
Leberechts Stimme steigerte sich: „Hinauswerfen würden Sie mich. Einen Mann, der mit dem Leben nicht fertig werden kann, den können sie nicht brauchen. Jawohl, so etwas würden sie sagen.“
Leberecht wunderte sich selbst, woher ihm plötzlich diese Beredsamkeit kam. Er redete sich in einen regelrechten Rausch hinein. Schweigend hörte Olsen ihm zu.

Leberecht wandte sich jetzt ab, ging mit schwankendem Schritt wieder auf den Friedhofszaun zu, beugte sich darüber und ließ den Kopf hängen. Ein Schluchzen erschütterte seinen Körper.

Der Oberkommissar war ihm gefolgt und blieb hinter ihm stehen. Da hörte er den Mann mit erstickter Stimme sagen: „Ich will zu meiner Tante! Sie war mein Alles. Vater und Mutter zugleich! Ich will auch sterben, Herr Oberkommissar."

*

Es schien dem Mörder Leberecht geglückt zu sein, das Vertrauen des Oberkommissars zu erringen. War es Freundschaft oder auch nur Mitleid, was Olsen mit Leberecht verband?
Fest stand, dass sich beide Männer in der nächsten Zeit öfter auf ein Bier trafen.

In der nächsten Woche, es war Freitag am späten Nachmittag, saß Oberkommissar Olsen immer noch in seinem Büro am Schreibtisch und arbeitete Akten durch.
Es gab immer Akten durchzuarbeiten, Hinweise zu finden, denen es sich nachzugehen lohnte, Vermerke zu schreiben.
Sicher, der Kriminalobermeister Schulzendorfer nahm ihm einen Teil der Arbeit ab, aber es blieb immer noch mehr als genug zu tun.
Da schrillte das Telefon.

Olsen schaute missmutig auf den Apparat. Nach dem dritten Klingeln griff er mit der Linken schließlich zum Hörer.
„Olsen."
„Hallo Herr Oberkommissar". Es war die Stimme Karsten Leberechts.
„Was gibt es denn?"
Es war einen Moment still im Hörer, und dann schien ein Seufzer an Olsens Ohr zu dringen.
„Ich... dachte, vielleicht könnten wir wieder mal etwas zusammen unternehmen. Es ist so ein langer Abend und mir ist nach einem Bier..."
„Schon gut, Herr Leberecht", sagte der Oberkommissar. „Wann wollen wir uns treffen und wo?"
„Vielleicht könnten wir uns um acht wieder am Park treffen, Sie wissen doch, die kleine Kneipe in der Parkallee."
„Geht in Ordnung, ich habe hier noch ein Weilchen zu tun und komme dann rüber."

Ohne eine Antwort abzuwarten, legte der Oberkommissar den Hörer auf. Er schaute noch eine Weile vor sich hin und widmete sich dann wieder seiner Arbeit.
Das leise Klopfen an seiner Tür hörte er erst beim dritten Mal. Immer noch in Gedanken versunken, brummte er: „Herein".

In der Tür stand seine kleine schwarzhaarige Sekretärin, die ihn besorgt anblickte. Sie hatte sich offensichtlich schon für den Feierabend zurechtgemacht.

„Es ist spät, kann ich noch irgendetwas für Sie tun.“
Nachdenklich blickte Olsen sie an.
„Ja, vielleicht.“

*

Sie hatten ein Bier getrunken, sich unterhalten und gingen dann über die Straße in Richtung ihrer Fahrzeuge.
Leberecht blieb am Eingang des dunkel daliegenden Parks stehen.
„Am liebsten ginge ich noch ein Stück spazieren, wenn Sie nichts dagegen haben, Herr Oberkommissar. Es ist so ein schöner Abend und der Mond scheint hell.“
„Natürlich nicht“, kam die Antwort Olsens.
Tatsächlich war es ein warmer Abend, ein leichter Wind streifte die Gesichter und die Parkwege waren dank des Mondlichtes gut zu erkennen.
Sie schlenderten durch den Park, jeder seinen Gedanken nachhängend.

Leberecht hatte den Oberkommissar keineswegs angerufen, weil er sich einsam fühlte.
Auch vor dem Friedhof hatte er neulich nicht zufällig gestanden. Er war schon zweimal vorher dort

hingegangen, immer in der Hoffnung, dass man ihn dort beobachten würde.
Die Rechnung war aufgegangen.
Und der Oberkommissar hatte ihn schließlich dort getroffen. Es war alles nach Leberechts Plan gelaufen.

Heute hatte der Mörder den Oberkommissar angerufen, weil er die Absicht hatte, sich Olsen endlich und endgültig vom Halse zu schaffen.
Sehr vorsichtig brachte Leberecht das Gespräch auf ihre heutige Verabredung, um zu erfahren, ob irgendjemand etwas davon wüsste, dass er hier mit ihm den Abend verbrachte.
Als Leberecht schließlich erfahren hatte, dass niemand mehr im Büro gewesen war, dass also auch niemand Bescheid wusste, was der Oberkommissar heute Abend vorhatte, stand der Entschluss des Mörders fest.

Leberecht war bereits heute am Tage im Park gewesen und hatte sich den Platz, an dem es geschehen sollte, ausgesucht.
Jetzt lenkte er den Oberkommissar geschickt in Richtung der Überreste der alten Stadtmauer, die von dichtem Gestrüpp umgeben waren.
In dieser Ecke des Parks gab es keine Laternen mehr und auch das Mondlicht wurde durch die hier stehenden hohen Bäume verschluckt.
Als sie sich diesem einsamen Platz näherten, tastete sich die Rechte des Mörders in die Tasche und spannte sich um den kühlen Griff des Messers.

Auch diesmal hätte Leberecht keinen wirklichen Grund angeben können, weshalb er ein Menschenleben auslöschen wollte. Der Oberkommissar war ihm doch nicht mehr gefährlich.
Es war etwas anderes, was den Mörder zur Tat trieb. Leberecht hatte nie vergessen, wie der Oberkommissar plötzlich in der Bibliothek aufgetaucht war und ihn abgefangen hatte. Es war die erste Begegnung der beiden gewesen.

Olsen hatte Leberecht nur eine Frage wegen des Mordes an seiner Tante stellen wollen.
Der Oberkommissar hatte Leberecht damals mit seinem Erscheinen einen furchtbaren Schrecken eingejagt. Dafür sollte er jetzt büßen.
Es war ein Schreck gewesen, der dem Mörder immer noch in den Knochen steckte.

Sie hatten jetzt den einsamen Platz erreicht.
Leberecht ging nun einen Schritt schneller, so dass er dem Oberkommissar um einen halben Schritt voraus war. Olsen, der rechts neben ihm ging, ahnte nicht, dass der andere sich vorbereitete, ihn zu töten.

Das Gesicht des Mörders hatte sich auf unheimliche Weise verändert. Die Augen waren schmale Schlitze, der dünne Mund verzog sich und verwandelte sein Gesicht zu einer geradezu gespenstischen Maske.
Das ist meine Stunde! dröhnte es in seinem Hirn. Einen gewaltigen Stoß muss ich ihm versetzen, ich muss blitzschnell zustoßen, eine zweite Chance werde ich nicht haben.

Der Weg war so dunkel, dass man kaum die Hand vor Augen sehen konnte. Mit großem Geschick hatte der Mörder es geschafft, noch einen halben Schritt vor Olsen zu kommen. Jeder Muskel in ihm war jetzt gespannt. Im nächsten Augenblick musste er sich herumwerfen und zum Todesstoß ausholen. Es war ein Stoß, auf den seine Opfer nie gefasst waren. Urplötzlich von unten her geführt, immer gegen den unteren Teil des Körpers gerichtet, konnte er von seinen ahnungslosen Opfern kaum wahrgenommen werden.

Olsen schien nichts bemerkt zu haben.

Er war jetzt einen Schritt seitlich hinter Leberecht und blickte nachdenklich auf den Boden vor sich.

Jetzt ist es soweit! In dem Moment, in dem der Mörder sich herumwerfen wollte, dröhnte lautes Motorengeräusch durch das Gebüsch und ein Lichtkegel huschte über die Gestalten der beiden Männer. Aus einer Lücke im Gebüsch schoss ein Motorrad heraus und entfernte sich rasend schnell in Richtung Parkausgang. Olsen und Leberecht, die beide wie erstarrt standen, konnten nur noch sehen, wie kurz das rote Licht der Bremse aufleuchtete, bevor das Motorrad mit Fahrer und Sozius auf die Straße bog.

Der Mörder war schweißnass. Sein Gesicht war mit einer Schweißperlenschicht bedeckt und sein Atem ging stoßweise.

Olsen wandte ihm das Gesicht zu. „Geht es Ihnen nicht gut?“, drang seine Stimme wie von weit her an das Ohr des Verbrechers.

Der schüttelte den Kopf, griff mit der Rechten in die Tasche und zog ein Taschentuch hervor, mit dem er sich das Gesicht abwischte.

Schweigend setzten sie ihren Weg fort.

Wie verkrampft umklammerte immer noch die Hand des Mörders den Griff des Messers in der Tasche.

Aber er hatte für den Moment die Nerven verloren.

Als sie wieder das Ende der Parkanlage erreicht hatten, blieb der Oberkommissar stehen und fragte:

„Wollen wir noch eine Runde drehen?“

Leberecht schüttelte den Kopf.

„Nein danke. Ich bin auf einmal müde.“

*

Am nächsten Morgen betrat Oberkommissar Olsen mit vor Müdigkeit grauem Gesicht das Dienstgebäude und begab sich mit schleppenden Schritten zu seinem Büro.

Kopfschüttelnd sah ihm der kahlköpfige Pförtner aus seiner Loge heraus nach. Was er dabei vor sich hin murmelte, verstand aber nur er selbst.

Olsen wendete sich ab und betrat seinen Arbeitsraum. Am Fenster stehend sah er, wie so oft schon, auf die Gräberreihen des Friedhofs hinunter.

Müde fuhr er sich mit der Hand über das Gesicht und blickte dann zu den Aktenbergen, die sich hier offensichtlich über Nacht von selbst vermehrten.

Der Tag verging, ohne dass sich etwas Besonderes ereignete. Gegen Abend begann es zu regnen. Oberkommissar Olsen hatte sich in den letzten Stunden fast ohne Pause durch die Aktenberge gewühlt.

Jetzt erhob er sich, streckte die vom langen Sitzen steif gewordenen Glieder und öffnete das Fenster.

Bleigrauer Himmel hing über der Stadt. Die Luft war dennoch mild und weich.

Tief sog er die Luft in seine Lungen und starrte minutenlang sinnend in den Abend hinaus.

Dann wandte er sich um, ging zum Telefon und wählte eine Nummer.

„Hallo, Herr Leberecht, hier ist Olsen. Wie wär‘s mit einem Spaziergang? Ich habe den ganzen Tag am Schreibtisch gesessen. Wollen wir uns wieder in der Parkallee treffen?“

Leberecht, der gerade zu Abend gegessen hatte, saß in dem alten Ohrensessel seiner Tante und starrte sprachlos vor sich hin. Die Gedanken an die Polizei und den Oberkommissar hatte er den ganzen Tag unterdrückt.

Die Lippen des Mörders öffneten sich und leise brachte er hervor: „Ja, es ist mir recht. Wann wollen wir uns treffen?“

„Vielleicht in einer Stunde, so gegen acht?“

„Geht in Ordnung.“

*

Es waren wenige Minuten vor acht Uhr, als Oberkommissar Olsen seinen Wagen in eine der wenigen Parklücken zwängen konnte.
Er schlenderte an der Autoreihe, die hier allabendlich am Straßenrand stand, entlang, konnte aber den Wagen Leberechts nirgends entdecken.
Schließlich blieb er stehen und sah sich unschlüssig um.

Da hörte er plötzlich hinter sich aus den Anlagen die Stimme des anderen: „Hallo, Herr Olsen, ich bin schon eine ganze Weile hier.“
Langsam ging der Oberkommissar auf ihn zu und blieb vor ihm stehen.
„Hallo, Herr Leberecht.“
„Hallo, Herr Oberkommissar.“

Leberecht schluckte.
Wieder hatte ihn das seltsame Gefühl angesprungen, dass ihn jedesmal traf, wenn der Oberkommissar in seiner Nähe war. Es kam ihm vor, als wenn ihn der Polizist belauerte, nur darauf wartete, dass er sich verriet, um dann zuzuschlagen.
Heute, heute musste es geschehen, heute durfte nichts dazwischen kommen.
Sie schlenderten durch die Parkanlagen und sprachen von belanglosen Dingen.
Olsen war von dem großen, gut beleuchteten Weg in einen kleinen düsteren Seitenweg abgebogen, als

Leberecht plötzlich unvermittelt fragte: „Sagen Sie, Herr Oberkommissar, denken Sie auch zuweilen an den Tod?“
Olsen blieb stehen, wandte den Kopf dem anderen zu und zog schweigend die Schultern hoch.
„Ich denke oft daran“, sagte Leberecht wie zu sich selbst. „Oft, nachts, wenn ich wachliege, denke ich daran, wie es so ist, wenn man plötzlich weiß, dass es zu Ende geht, dass alles vorüber sein wird. Da liegt man da und sieht seine letzte Minute auf sich zukommen. Es muss doch fürchterlich sein.“
„Wer weiß“, versetzte der Oberkommissar. „Und vielleicht ist es überhaupt das Beste am Leben, dass niemand weiß, wie seine letzte Minute aussehen wird.“

Langsam hatten sie ihren Weg fortgesetzt.
Da drüben unter der großen Eiche, da ist es dunkel. Da muss es geschehen! dröhnte es im Schädel des Mörders.
Wieder hatte er das Messer umspannt und war bereit zu dem schon so oft geübten tödlichen Stoß.

Plötzlich blieb der Oberkommissar stehen.
„He, was ist denn das?“, sagte er und deutete auf eine dunkle Spur, die sich über den hellen Sand zu den Büschen hinüberzog.
Auch Leberecht war stehengeblieben und blickte auf die Spuren.
„Das ist eine Schleifspur!“, stieß er heiser hervor.
„Sieht ganz so aus.“

Der Oberkommissar näherte sich der dunklen Spur und ging gebückt auf den Grasrand zu, der sich scharf zum Weg hin absetzte.
„Das führt zu den Büschen hinüber“, sagte er leise.
Leberecht war ihm unwillkürlich gefolgt.
Olsen hatte die Büsche jetzt erreicht und griff nach den nassen Zweigen.
„Die sind ja frisch abgeknickt“, presste Leberecht erregt hervor.
„Wir müssen leise sein“, raunte der Oberkommissar und zwängte sich ihm voran durch die Büsche.

Vor dem Stamm eines Baumes lag eine menschliche Gestalt.
Es war eine Frau.
Der Oberkommissar ließ seine Stablampe aufleuchten und tastete mit dem Lichtstrahl ihren Körper ab. Es war eine junge Frau, höchstens fünfundzwanzig. Sie trug einen Regenmantel und ihr dunkles, offenes Haar fiel in weichen Locken von ihrem Kopf auf den feuchten modrigen Boden.

Da öffneten sich plötzlich ihre Lippen. Sie stieß einen ächzenden Laut hervor.
Leberecht spürte, dass es ihm eiskalt über den Rücken rann. Er, der selbst mehrfach solche Situationen geschaffen hatte, verspürte plötzlich ein unbekanntes Grausen.
„Sie lebt!“ Olsen richtete sich auf. „Hier, nehmen Sie die Lampe und bleiben Sie bitte bei ihr. Ich muss sofort Hilfe holen.“
Leberecht hörte die davonhastenden Schritte des Oberkommissars und die zurückschlagenden Zwei-

ge des Gebüschs. Dann war er allein mit der leise stöhnenden Frau.
Sekundenlang lauschte er noch den Schritten des Oberkommissars nach und stand dann wie steif im Dunkeln vor der Frau.
Hatte er sich vorhin getäuscht? Oder war die Ähnlichkeit wirklich vorhanden?
Er ließ den Lichtstrahl der Stablampe des Oberkommissars aufblitzen und richtete ihn voll auf ihr Gesicht.
Sie hatte die Augen geöffnet und blinzelte in den grellen Lichtschein.
„Jasmin!", entfuhr es ihm.
Nein, sie war es nicht, aber eine Ähnlichkeit war vorhanden mit der Bardame des Tennisklubs Jasmin Förster, die nichts von ihm wissen wollte.

Plötzlich öffnete sie die Lippen.
„Ich, ich bin überfallen worden. Der Mann hat mich hierher geschleppt. Ich bin aber nur leicht verletzt. Hoffentlich findet Ihr Begleiter bald Hilfe."
Hilfe wollte sie haben? Diese Hilfe konnte er ihr auch bringen.
Der Gedanke, der erst ganz hinten im äußersten Winkel seines Hirns geboren wurde, drang unaufhaltsam vorwärts, bis er Gewalt über den Mörder bekam.
Das Schicksal hat sie mir zugespielt! Das kann kein Zufall sein. Ich bin der Auserwählte, der zu Ende bringen kann, was andere nicht vermögen.

Leberecht, in seiner Abartigkeit, glaubte tatsächlich, was in seinem Kopf vorging.
Wieder ließ er den Lichtstrahl aufblitzen und traf damit das Gesicht der Frau.
„Haben Sie Schmerzen?“, presste er heiser durch die Zähne.
„Nein, danke, es geht“, brachte sie stockend hervor.

„Ich habe gerade mit meinem Bekannten übers Sterben gesprochen“, sagte Leberecht wie zu sich selbst, ohne den Blick von der Frau zu lassen. Hart traf der starke Strahl der Stablampe erneut das Gesicht am Boden.

Die Augen des Verbrechers folgten den Linien des Antlitzes, glitten über die Augen zu der Nase und dem vollen Mund.
„Ich verstehe Sie nicht“, presste die Frau hervor.
„Sie werden mich gleich verstehen“, gab er mit vibrierender Stimme zurück, während er das Messer aus der Tasche zog. „Das heißt, Sie brauchen mich nicht mehr zu verstehen. Ich werde Sie erlösen.“
„Erlösen?!“
„Ja, von Ihrem Leiden und von diesem Leben überhaupt. Ich werde Sie erlösen, wie ich all die anderen auch erlöst habe.“
Das Messer blitzte in seiner Hand.

Da schlug ein hartes metallisches Geräusch an sein Ohr. Sein Schädel fuhr herum. Der grelle Strahl einer starken Lampe traf sein Gesicht. Und dann war da die Stimme des Oberkommissars Ol-

sen: „Karsten Leberecht, Sie sind wegen mehrfachen Mordes und Mordversuches festgenommen.“
Leberecht kniete noch immer auf dem linken Knie am Boden und starrte in den grellen Lichtstrahl. Seine Rechte umklammerte das Messer.
Die Worte, die an sein Ohr drangen, schienen ihn nicht zu erreichen.
In diesem Augenblick sprang die Frau neben ihm hoch. Sie trat aus dem Lichtschein und war verschwunden.

Immer noch kauerte Leberecht am Boden. Er begriff nur ganz allmählich.
Eine Falle! Wieder eine Falle, die ihm der Oberkommissar gestellt hatte. Doch diesmal war er hineingegangen. Die Klappe war zugeschlagen.
„Stehen Sie auf, Leberecht!“
Der Verbrecher stützte sich mit beiden Händen auf den Boden, blickte hinter den Ellenbogen zurück und sah hinter dem Baumstamm Kriminalobermeister Schulzendorfer hervorkommen.
Es war also eine vollendete Falle. Der Oberkommissar hatte ihn bewusst hierher geführt.
Auf einmal wusste er auch, dass Olsen die Falle schon gestern ausgelegt hatte, nur waren sie gestern durch das plötzliche Erscheinen des Motorrades gestört worden. Deshalb wollte also der Oberkommissar gestern noch einmal in den Park.

„Heben Sie die Hände hoch“, drang die metallische Stimme des Oberkommissars Olsen an sein Ohr.

Leberecht hatte sich taumelnd aufgerichtet. Mit gesenktem Kopf starrte er auf seine Rechte, in der er noch das Messer hielt. Es ist aus, hämmerte es in seinem Hirn. Es ist zu Ende.

Plötzlich begriff Karsten Leberecht auch, warum der Oberkommissar diese unendliche Geduld aufgebracht hatte. Er brauchte sie ganz einfach, weil er einen Beweis haben musste, einen Beweis, der vor Gericht unumstößlich war.

Die Polizei hatte bisher keine Spuren finden können, die die Täterschaft von Karsten Leberecht bewiesen hätten. Nur auf diese Art hatte der Oberkommissar den Mörder zur Strecke bringen können.

Nur Bruchteile von Sekunden waren seit dem Augenblick vergangen, an dem Leberecht sich erhoben hatte. Noch immer umklammerte seine Rechte das Messer.

Nie und nimmer würde er ins Gefängnis gehen. Eher wollte er sterben. Sterben durch die eigene Hand.

In dem Augenblick aber, in dem seine Hand hochschnellte, bellte aus dem Lichtschein heraus ein Schuss auf.

Ein fürchterlicher Schmerz schoss durch seinen Arm. Die Kugel hatte sein Handgelenk getroffen. Das Messer lag mehrere Schritte hinter ihm. Kriminalobermeister Schulzendorfer hob es auf.

Dann trat er von hinten an den ächzenden Mörder heran und legte ihm schwer die Rechte auf die Schulter.

„Kommen Sie, Leberecht.“
Halb ohnmächtig vor Schmerz und Benommenheit taumelte der Mörder durch die Gasse, die ihm der Oberkommissar und die Abteilungssekretärin - das vermeintliche Opfer - bahnten, hinaus auf den Weg.

Er ahnte nicht, dass es die winzige Verletzung an seinem rechten Augenwinkel gewesen war, die ihn zu Fall gebracht hatte.
Die Verletzung, die von Jasmin Försters Bleistiftabsatz stammte, den Doris Gellert ihrem Neffen ins Gesicht gestoßen hatte, ehe sie starb.
Eine hauchdünne Spur nur, aber sie war Oberkommissar Olsen nicht entgangen, als er Leberecht am Morgen nach der Tat erstmals gesehen hatte.

tredition

www.tredition.de

Über tredition

Der tredition Verlag wurde 2006 in Hamburg gegründet. Seitdem hat tredition Hunderte von Büchern veröffentlicht. Autoren können in wenigen leichten Schritten print-Books, e-Books und audio-Books publizieren. Der Verlag hat das Ziel, die beste und fairste Veröffentlichungsmöglichkeit für Autoren zu bieten.

tredition wurde mit der Erkenntnis gegründet, dass nur etwa jedes 200. bei Verlagen eingereichte Manuskript veröffentlicht wird. Dabei hat jedes Buch seinen Markt, also seine Leser. tredition sorgt dafür, dass für jedes Buch die Leserschaft auch erreicht wird

Autoren können das einzigartige Literatur-Netzwerk von tredition nutzen. Hier bieten zahlreiche Literatur-Partner (das sind Lektoren, Übersetzer, Hörbuchsprecher und Illustratoren) ihre Dienstleistung an, um Manuskripte zu verbessern oder die Vielfalt zu erhöhen. Autoren vereinbaren unabhängig von tredition mit Literatur-Partnern die Konditionen ihrer Zusammenarbeit und können gemeinsam am Erfolg des Buches partizipieren.

Das gesamte Verlagsprogramm von tredition ist bei allen stationären Buchhandlungen und Online-Buchhändlern wie z. B. Amazon erhältlich. e-Books stehen bei den führenden Online-Portalen (z. B. iBookstore von Apple) zum Verkauf.

Seit 2009 bietet tredition sein Verlagskonzept auch als sogenanntes "White-Label" an. Das bedeutet, dass andere Personen oder Institutionen risikofrei und unkompliziert selbst zum Herausgeber von Büchern und Buchreihen unter eigener Marke werden können.

Mittlerweile zählen zahlreiche renommierte Unternehmen, Zeitschriften-, Zeitungs- und Buchverlage, Universitäten, Forschungseinrichtungen, Unternehmensberatungen zu den Kunden von tredition. Unter www.tredition-corporate.de bietet tredition vielfältige weitere Verlagsleistungen speziell für Geschäftskunden an.

tredition wurde mit mehreren Innovationspreisen ausgezeichnet, u. a. Webfuture Award und Innovationspreis der Buch-Digitale.

tredition ist Mitglied im Börsenverein des Deutschen Buchhandels.